www.ingramcontent.com/pod-product-compliance
Lightning Source LLC
LaVergne TN
LVHW051113051026
849532LV00004BB/1533
* 9 7 8 9 3 6 9 0 8 4 4 0 1 *

آخر کون تھا وہ؟

(افسانے)

آمنہ نازلی

© Amina Nazli
Akhir kaun tha woh *(Short Stories)*
by: Amina Nazli
Edition: March '2025
Publisher :
Taemeer Publications LLC (Michigan, USA / Hyderabad, India)

ISBN 978-93-6908-440-1

کتاب	:	**آخر کون تھا وہ؟** (افسانے)
مصنفہ	:	**آمنہ نازلی**
صنف	:	فکشن
ناشر	:	تعمیر پبلی کیشنز (حیدرآباد، انڈیا)
سالِ اشاعت	:	۲۰۲۵ء
صفحات	:	۱۱۴
سرورق ڈیزائن	:	تعمیر ویب ڈیزائن

فہرست

دُنیا کا پہلا بچّہ

اور جب اُس کا بیٹا دفتر سے آتا تو وہ بہو کی شکائیتیں کرنے بیٹھ جاتی۔

"سینہ کی بوٹیاں خود نکال کر کھا گئی۔ اور میرے لئے چھیچھڑا لگی پسلیاں چھوڑ دیں۔"

"اور آج اُس نے چینی کا ڈبہ چھپا دیا بیٹا اور میں نے نمک کی چائے پی۔"

"پان کی کرچی کرچی کر کے رکھ دیتی ہے۔ میری تقدیر میں اُنگل اُنگل بھر کے پھائے رہ گئے اور اماں بہنوں کے لئے پورے پورے پان کی گلوریاں بنائی جاتی ہیں۔ تم جو پُرانی جہازی چھالیہ لائے تھے نا؟ نہ جانے وہ کہاں تیر کردی۔ دو تین سڑی ہوئی ڈلیاں پٹلری

میں ڈال دیتی ہے اور بس۔" پان بھی دو طرح کے منگاتی ہے۔ ایک کڑوے زہر۔ دوسرے نرم نرم دیسی، اللہ جانے حلق میں سلاخ سی بن جاتی ہے۔ مگر بُرا ہو اِس طلب کا.... سارا منہ ادلواں ہو کے رہ گیا۔"

کئی بار اُس نے ماں کے سامنے بیوی کو لتاڑا۔ اور پھر..... زور زور سے ریح ریح پٹ پٹ شروع ہو جاتی۔ اُس کی سمجھ میں نہ آتا کہ وہ کس کو سچا سمجھے!

صبح دفتر جاتے جاتے اُس کی ماں لپک کر غسل خانے میں پہنچ جاتی۔ جہاں وہ جلدی جلدی شیو کرتا ہوتا۔

"لے دیکھ! تیرے راج میں یہ چائے ملتی ہے مجھ کو۔ کالا حقے کا پانی۔!"

"پھر اور دودھ ڈال لو اماں..... تمھارا ہاتھ روک سکتا ہے کوئی؟"

وہ زور سے چیخ کر بیوی کو سُناتا۔

"جانتا ہے پھر دن بھر کیسے کیسے بدلے لے گی وہ۔"

"میں واپس آؤں گا مر تو نہ جاؤں گا۔ دفتر کو دیر ہو رہی ہے۔ اگر نوکری پر بن آئی۔ تو۔!" وہ جھنجھلا جاتا۔

سارے دن کی شکایتیں وہ شام کو بیٹے سے رو تی..... مگر بیٹے کے کمرے میں جانے کی اُسے بھی ہمت نہ ہوتی۔

ایک دن جب اُس کی بہو باہر گئی ہوئی تھی وہ جھاڑ پونچھ کے لئے اُس کے کمرہ میں چلی گئی اس نے بیٹے کی چارپائی پر اُجلی چادر بچھائی۔ دروازہ پر نیا پردہ ٹانگا اور کرتے پر استری کر کے کیل میں لگا دیا۔ اور بیڑی کے ٹکڑے اور خالی ماچس کی ڈبیاں سمیٹ کر باہر پھینک آئی۔

مگر شام سے پہلے جب اُس کی بہو واپس آئی .... تو اُس نے پلنگ پر سے دُھلی ہوئی چادر اُٹھا کر کونے میں پھینک دی اور میلی چادر پھر سے بچھائی۔ کیل پر سے اُجلا کرتہ مروڑ کر مٹکے میں ٹھونس دیا۔ بیڑی کے ٹکڑے کوڑے میں سے لا کر سارے کمرے میں پھیلا دئے اور پردے کی ڈوری نوچ کر پرے پھینک دی!۔

مگر وہ دَم مارے سارا تماشہ دیکھتی رہی۔

آج اُس نے بیٹے سے کوئی شکایت بھی نہیں کی ......

شاید وہ اپنی عمر میں پہلی بار قائل اور نادم تھی! ....

اُس کو سب سے بڑا فکر یہ تھا کہ اُس کے بیٹے کی شادی کو پورے پانچ سال ہو چکے تھے مگر بہو اب تک اُمید سے نہ تھی ......

نجانے کیسی عورت ہے لوے کی بنی۔

پھولوں میں بکسی ہوئی۔ کوکھ میں سات پوت دبائے کوئی

لال لال گٹھڑی۔ اس کے دل میں نئے نئے ارمان اُچھلنے لگتے۔ گورا گورا گداز پیٹ اور بھاری کولھے...... پھر وہ اپنے بیٹے سے صاف صاف کہدے گی بلکہ ناراض ہوگی کہ یہ بجلی کی استری۔ اگر جھٹکا لگ جائے تو! ننھی سی جان! نہیں چھونے کی میری بہو! اور جب اُس کا بیٹا دائی کو لینے جائے گا۔ تو وہ گاؤ تکیہ سے ٹک کر بہو کی تکلیف کے تاثرات کو میٹھی میٹھی نظروں سے دیکھے گی۔ کتنا پیار آئے گا۔ کتنی بھلی معلوم ہوگی اس کی بہو!۔

دردوں کی تکلیف میں پوتا ئی کی طرح پیلی۔ پسینوں میں شرابور..... ہر دُکھ کے بعد سُکھ ہوتا ہے۔ اس دُکھ میں بھی لذت ہے بیٹی۔! اور جب پانی کی گرم گرم دھاروں سے اُس کے جوڑ جوڑ کو دھارا جائے گا تو انگ انگ سے جوبن پھوٹ پڑے گا۔ اجوائن کی سفید سفید دھونی میں بہو بچے کو گود میں لئے دودھ پلائے گی تو وہ کالا دانہ اُتار کے گرم گرم اُچھوانی کا پیالہ بھر کے سامنے کھڑے ہو کر پلوائے گی۔ اور گوند کھانے کی پنجیری کوٹ کاٹ کے تھیلی میں بھر کر پلنگ کے پائے سے لٹکا دے گی کہ جب دل چاہا مٹھی بھری اور کھالی۔ مگر میں دم کیسے آئے گا آخر۔

وہ تکیئے پر پڑی پہروں یہی سوچتی۔ اُسے غنودگی میں ایسا

معلوم ہوتا جیسے اُس کی بہو کراہ رہی ہے اور درد زہ کی تکلیف لمحہ بہ لمحہ تیز ہو رہی ہے۔ اور وہ بڑے ارمانوں سے بچے کے ننھے ننھے گدّے نکال رہی ہے اور قلعی دار گھڑیا میں پانی اُبل رہا ہے۔ حالانکہ اُس کی بہو کو یہ سارا چونچلا ایک آن بھی پسند نہیں۔ اُس کی بہو کمرہ بھری عورتوں کو شرما شرما کر دیکھتی۔ اُس کا دل چاہتا کہ وہ اپنی ساس سے کہہ دے کہ

"کیا وہ پہلی عورت ہے جو دنیا سب سے پہلا بچّہ جن رہی ہے۔

اور جب بچّے کے زور سے رونے کی آواز آتی تو اُس کی ساس ہڑبڑا کر آنکھ کھول دیتی ۔ ۔ ۔ ۔ ۔ اور پھر ایک ننّھا منّا گول مول چہرہ دُور ہٹتا چلا جاتا۔

صبح اُٹھتے ہی وہ بیٹے سے نئی نئی شکایتیں لے کر بیٹھ جاتی اُس کا دل چاہتا کہ وہ آج اپنے بیٹے سے صاف صاف کہہ دے کہ بہو گوشت پوست کی نہیں فولاد کی ڈھل کر آئی ہے۔

پہلی کو

"یہ چیتھڑا بنیان اِس قابل ہے کہ باریک کُرتے کے نیچے پہنوں! کیا دھوبی کپڑے نہیں لایا؟"

بابو اسحاق کُرتے کی آستین میں ہاتھ سرکاتے ہوئے بڑ بڑائے جیسے اُن کی بیوی پرلے درجہ کی پھوہڑ اور ظالم ہے۔

"وہ کپڑے تو کل ہی لایا ہے چھبّو مگر بنیان تو بس یہی تھا" بیگم نے اطمینان سے جواب دیا۔

"اللہ کی بندی میلے کپڑوں میں سے نکال کر دوسرا دھو دیتیں۔ ثابت تو ہوتا۔ مگر ہاں خیال ہوتا جب!"

دھوتی کہاں سے ایک تمہارے پنڈے پر دوسرا دھوبی کے گھر۔ آج دسویں دن کپڑے لایا ہے۔ سو وہ بھی اس لئے کہ اگر دو چار دن

چرّھا کر لے گیا تو دُھلائی اگلے مہینے میں گنی جائے گی، پہلی کو بنیان منگا لوں گی۔ روز روز کے پٹن سے تو جان بچے گی"۔ بیگم نے آٹے میں مُکیاں زور زور سے لگائیں۔

" اور میری جوتی! یہ دیکھو پھٹ گئی ہے نا؟" منّے نے جوتی کی نوک پکڑ کر تلہ کھول دیا۔

" ہاں بھائی ہاں کہہ تو دیا پہلی کو، بھائی جان کے ساتھ جاکر جوتی پہن آنا" وہ پیڑے بناتے ہوئے بولیں۔

" منّا تو بڑا ویسا ہے۔ جب دیکھو نئی نئی جوتیاں توڑ دیتا ہے۔ میری چپّلی تو جب آئی تھی۔ جب بڑے ماموں جان آئے تھے نا؟ اب تو سڑ گئی ہے ساری جوتی۔ اور آپ نے کہا تھا کہ چمکی کی اوڑھنی اب کی پہلی کو ضرور دلا دوں گی۔ اتنی ساری پہلیاں نکل گئیں۔ چُنتی۔ کلّو۔ سعیدی سب کی سب خرید کر لا رہی ہیں۔ ساری اوڑھنیاں ختم ہو جائیں گی"۔

مُنّی نے چھوٹے بھیّا کو ٹیڑھے کولھے پر سرکاتے ہوئے منہ بسور لیا۔

"اِس کو لے لیجئے نا، اتنی دیر سے ستا رہا ہے"۔

وہ چھوٹے بھیّا سے تنگ آ گئی تھی۔ جب دیکھو

اُس کے بالوں کو نوچ نوچ کر گھونسلا بنا دیتا ہے اور پھر بھاری بھی تو اتنا ہو گیا ہے۔ دُودھ ٹھوس ٹھوس کر۔ اُس کا دل چاہا کہ چھوٹے بھیّا کو آٹے کے کونڈے میں دے پٹخے۔

"کیوں رُلا رہی ہو بیٹی! شاباش شاباش۔ ذری سی دیر اور بس دو پیڑے اور رہ گئے ہیں۔ اب کی پہلی کو تیری اوڑھنی ضرور آئے گی۔ کیسے رنگ کی منگاؤ گی؟ اُودی یا آسمانی؟" ماں نے پوچھا۔

"آسمانی۔"

مُنّی نے چھوٹے بھیّا کو سنبھال کو کُولھے کو ذرا اور ٹیڑھا کر لیا۔

"بس اُن کے لاڈ چونچلوں میں سب پیسہ اُٹھ جائے گا۔ پتہ ہے اگر کتابیں نہیں آئیں تو امتحان کیا خاک دوں گا۔" بڑے نّھے نے کمرہ سے نکل کر کہا۔

"ہاں سچ تو کہتا ہے نگوڑا۔ سارے سال کی محنت دس بارہ روپے کی خاطر۔ میرے مُنہ میں خاک...... نہیں بیٹا اپنی کتابیں تنخواہ ملتے ہی پہلی کو لے آنا۔"

"کیوں جی پھر آگیا یہ نیاان میری تقدیر کا۔ میں تو سمجھ چکا

ہوں کہ اس گھر میں کُتّے کی ڈر مگر میری کوئی ڈر نہیں۔ اگر دوسرے مردوں کی طرح چالیس پچاس اپنے ڈھب میں رکھتا تو آج یہ دن نہ دیکھنے پڑتے

بابو اسحاق کے گول گول نتھنے ہوا میں اُڑنے لگے۔

"میں نہیں پہنتا جوتی۔" مُنّے نے پچیاں لگی جوتی اُتار کر زور سے پھینک دی۔

"کیا میرے بال نوچ نوچ کر گنجا کر دے گا، پھینک دوں گی ابھی تجھ کو" مُنّی نے چھوٹے بھیّا کے بازو میں موٹی سی چٹکی نوچ کر کُولھا سیدھا کر لیا۔

"ڈھنگ سے رے بیٹی۔ کیا گرائے گی بھائی کو؟" ماں کا لہجہ نرم تھا۔

"آج پہلی کو گئے سات دن گزر گئے۔ کیا کتابیں نہیں منگائیں گی میری۔" ننھے نے جھنجھلا کر کہا۔

"منگاؤں گی بیٹا۔ ذرا . . . . ." وہ سوچ میں کھو گئی۔

"کب؟ کیا پہلی کو؟" ننھے نے چڑ کر طنز سے کہا۔

"نہیں دوسرا کچھ انتظام کر رہی ہوں۔"

"پھر ادا کہاں سے ہوگا؟" بڑے ننھے نے پوچھا۔

"پہلی کو تنخواہ ملے گی نا؟" ماں کی آواز میں کڑاکا آ گیا۔

کوئی لو

"ہاں ہاں نہیں آتے ہم"۔

وہ ٹوٹی آرام کرسی کی ہتھیاں پکڑ کر جھولے میں دھنس گئی۔

"کیسے نہیں آئے گی" اس کی ماں نے اس کو شیرنی کی طرح دیکھ کر نتھنے پھلالئے!

"ایسے!"

اس نے پاؤں پھیلا کر کرسی کے تکیہ سے گردن چپکا دی۔

"نصیرہ بیٹی! اسی لئے بی اے کرایا تھا تم کو۔ اپنا کچھ کھوؤگی میرا کیا جائے گا۔ اور میں کب تک تمہارے لے قیامت سے بورئیے سمیٹوں گی"۔

اس کی ماں نووارد بڑی بی کی گھونگا سی جھکیاں اور چوڑا

سا گلوبند دیکھ کر بیٹی پر لال پیلی ہو گئی تھی۔

"جانے دو دیں خود ہی آجاؤں گی بہن۔ کیوں ستاتی ہو بے چاری بچّی کو.. .. .. شرما رہی ہوگی"

بڑی بی مسکراتی ہوئی بے تکلف کمرے میں آ گئیں۔ ان کو اپنے موٹے اُودے اُودے بیٹے کے لئے۔ جو اسی سال پی سی ایس میں کامیاب ہوا تھا۔ دولھن کی تلاش تھی۔

اس کے لئے وہ رات دن درجنوں لڑکیاں دیکھ چکی تھیں۔

نہ جانے نصیرہ میں کیا کشش تھی کہ بڑی بی نے اس کو سر سے پیر تک اور پیر سے سر تک کئی بار لوٹ پھیر کر دیکھا۔

"ناک نقشہ تو اچھا ہے اور رنگ بھی خیر"

بڑی بی نے اپنی اجلی موٹی سی کلائی کو غور سے دیکھ کر مقابلہ کیا اور نصیرہ کی ماں سہم کر رہ گئی۔ کیونکہ بڑی بی اس بڑھاپے میں بھی میدہ شہاب رکھی تھیں اور آج ماں کے بار بار کے کہنے پر لڑکی نے پوڈر بھی نہیں ملا.. .. .. ورنہ رنگت خاصی کندن کی طرح دمک جاتی تھی۔

بوڑھی کھونسٹ عورتوں کی خاطر پوڈر ملتے ملتے وہ بھی تو عاجز آ گئی تھی!!

اس کا دل چاہ رہا تھا کہ وہ ان ساری بوڑھیوں کو تھوتے تیروں سے اُڑوادے، جو آئے دن اس کو گھورنے آجاتی ہیں۔ وہ اپنی ماں کی زیادتی پر دانت پیس کر رہ جاتی۔

"اور یہ کُشن میری نصیرہ نے بنلئے ہیں اور وہ سوئٹر بھی"۔
اس کی ماں نے کمرے میں پڑی ہوئی کئی چیزوں کی طرف اشارہ کر کے بتایا کہ اس کی بیٹی ہر فن میں طاق ہے۔

"ماشاء اللہ ماشاء اللہ" بڑی بی ہر چیز کا مطالعہ فرما رہی تھیں۔

"اور اس ساڑی کا فیتہ بھی"۔
اس کی ماں نے کھونٹے پر لٹکی ہوئی ساڑی کو اُتار کر بڑی بی کی گود میں رکھ دیا۔

"اللہ نظر بد سے بچائے بڑا پیارا بنا ہے"۔
بڑی بی نے زری کے فیتہ کو چٹکی میں لے کر اشتیاق سے دیکھا۔

"آپ کی دعا سے میں نے تو اپنی بچی کو ہر فن میں ماہر کر دیا ہے پڑھنا لکھنا سینا پرونا۔ پکانا۔ ریندھنا اور سب سے بڑی چیز یہ کہ اطاعت اور فرمانبرداری، لاکھ سُنالوں مگر کیا مجال کہ اُف تو کر جائے۔ بہت ناگوار گزرا اور دل بھر آیا تو کونے میں جا کر چپکے سے رولی اور پھر اپنے کام میں ہنسی خوشی مشغول!۔ ملنے جلنے والیاں کہتی ہیں

کہ بوا بچّی تو بس ایک تم نے پالی ہے۔ اللہ اس کا نصیب اچھا کرے جس گھر جائے گی اُجالا ہو جائے گا۔ سادگی ایسی کہ کئی کئی دن کہتی ہوں کہ بیٹی منہ تو صابن سے دھولیا کر مگر نہیں .. .. اللہ رکھے جہیز کے پچاس جوڑوں کا تیار کرنا آسان کام نہیں سارے خاندان کی بہو بیٹیاں لگتی تھیں تب جاکر بیٹی کا جہیز تیار ہوتا تھا مگر اللہ کا کرم احسان ہے کہ میری بچّی نے کسی سے سوئی کا سہارا بھی نہیں لیا۔ اب بیوی اس کو عیب کہہ لو یا ہنر!"

اس کی ماں ہر توو ارد کے سامنے بیٹی کی تعریفوں کے پُل باندھ دیتی وہ اپنی ماں کی باتوں سے اُکتا گئی تھی۔ اس کا دل چاہتا تھا کہ وہ زور سے چیخ کر کہہ دے یہ سب جھوٹ ہے ڈھکوسلہ ہے—— اس کو ایسا معلوم ہوتا اس کے اعصاب جھنجھنا کر ایک دم ساکت ہو جائیں گے .. .. .. یا پھر کسی وقت عاجز آکر وہ اپنے سر پر موٹا سا بٹّہ دے مارے گی—— اور اُس کے داغ کا خون ایک فوّارہ کی صورت میں اُبل کر بہہ جائے گا!

"اچھا بہن اب اجازت دیجئے"

بڑی بی نے اپنا پوڑا سا گلوبند کھول کر گھونگا سی جُھمکیاں ہلا کر کہا۔

"دل تو نہیں چاہتا۔ مگر" اس کی ماں نے بڑی بی کو تجسس کی نظروں سے دیکھا۔

"بچی کو دیکھ کر تو دل بہت خوش ہوا۔ ماشاءاللہ بڑے ادب تمیز کی بچی ہے۔ ناک نقشہ تو بالکل آپ سے ملتا ہے۔ اور میں جانوں۔ چوکا .. .. شاید باپ .. .. ؟"

بڑی بی کے کالے کالے تمباکو زدہ دانت کھڑ کھڑا کر رہ گئے۔

آج اُسے اپنی ماں پر رہ رہ کر پیار آرہا تھا۔

تیز تیز سانسوں کے ساتھ ایک آواز پراگندہ تھی۔

کوئی لو۔ کوئی لو!

اماں سو گئی ہیں شاید وہ اُلٹے پاؤں اپنے کمرہ میں آگئی۔

دو خط

۲۷ر جنوری سن ۶۰ء

میری پیاری امّی جان ——— آداب۔

آپ سوچیں گی کہ ارشد اتنا بڑا کیسے ہوگیا، میں تو بہت دن سے بڑا ہوگیا ہوں امّی جان! اب مجھے خط لکھنا بھی آگیا ہے۔ جب آپ گئی تھیں تو مجھے مسہری پر چڑھنا بھی نہ آتا تھا۔ مجھے یاد ہے کہ آپ مجھے گود میں اُٹھا کر اونچی سی مسہری پر بٹھا دیتی تھیں۔ آپ کے پاس سے کیسی اچھی خوشبو آتی تھی پتہ نہیں وہ کیسا عطر تھا۔ پتہ نہیں وہ کیسی خوشبو تھی دھیمی دھیمی۔ میٹھی میٹھی۔ میرا جی چاہتا تھا کہ آنکھیں بند کر کے آپ کی کروٹ میں لیٹا رہوں۔ بہت دن ہوگئے آپ کو نہیں دیکھا میں اب بھی آپ کو بے حد یاد کرتا ہوں۔

آپا کہتی ہیں امّی بے وفا تھیں وہ ہم سب کو چھوڑ چھاڑ کر چلی گئیں۔ اُنھوں نے دوسری شادی کر لی ہے۔ وہ بہت پیسے والی ہو گئی ہیں۔ اب وہ تمھارے پاس کبھی نہیں آئیں گی۔ اور جب میں اُن سے بہت سے سوال کرتا ہوں تو وہ کونے میں جا کر ٹسوے بہانے لگتی ہیں۔ اور مجھ سے کہتی ہیں ذرا یوں ہی، میری آنکھ میں کھٹک ہو رہی ہے۔

آپا کہتی ہیں، کہ دیکھو خبردار ابّا جان کے سامنے امّی کا ذکر نہ کرنا ورنہ ان کو بڑا دُکھ ہوگا۔

آپا جھوٹ کہتی ہیں امّی جان! ابّا جان کو ہرگز دُکھ نہیں ہوتا وہ تو روزانہ آپ کی تصویر بکس میں سے نکال کر دیکھتے ہیں اور جب میں آجاتا ہوں تو وہ جھٹ سے تصویر کا لفافہ کپڑوں کے نیچے دبا دیتے ہیں۔ کچھ دن سے ابّا جان آپا کی شادی کی تیاری میں لگے ہوئے ہیں۔ نئے نئے کپڑے اور برتن روزانہ لا رہے ہیں مگر پتہ نہیں آپا کو کیا ہو گیا ہے وہ تکیہ پر منہ اوندھا کر چپکے چپکے رونے لگتی ہیں، پھر وہ سسکیاں بھرتی ہیں پھر وہ لمبی لمبی سانسیں بھرتی ہیں پھر وہ مجھ کو چمٹا لیتی ہیں۔ ان کے کپڑوں میں سے بھی بس ایسی خوشبو آنے لگی ہے جیسی آپ کے پاس سے آتی تھی نا؛ میٹھی میٹھی دھیمی دھیمی ——— کتنی اچھی ہیں میری آپا۔ مگر یہ شادی کتنی بری چیز ہوتی ہے۔ امّی جان! ———

اور جب آپا چلی جائیں گی تو پھر کیا ہوگا ـــــ پھر میں کیا کروں گا، پھر میں کہاں جاؤں گا ـــــ؟ خدا کے لئے آپ میرے پاس آجایئے امّی جان ـــــ میں آپ کو بہت یاد کرتا ہوں۔ میں بے حد روتا ہوں۔

میں جلدی جلدی بڑا ہوتا جاؤں گا اور آپ کے لئے بہت سارے پیسے کما کر لاؤں گا اب آپ ابا جان سے شادی کر لیجئے میں اُن سے کہوں گا میری امّی کو بہت سے پیسوں کی ضرورت ہے۔ آپ بھی کمایئے اور میں بھی کماؤں گا۔

میرے خط کا جواب جلدی دیجئے۔ میں بے چینی سے انتظار کر رہا ہوں۔

آپ کا بدنصیب

ارشد

(۲)

یکم فروری ۶۰ء

لختِ جگر۔ جُگ جُگ جیو۔

حیرت ہے تمھیں میرا پتہ کہاں سے مل گیا۔ یہ سچ ہے کہ دل سے دل کو راہ ہوتی ہے میں بھی تم کو کئی دن سے بہت یاد کر رہی تھی۔

تمھاری آپا کی شادی کہاں ہو رہی ہے؟ کس سے ہو رہی ہے۔ مجھے مطلق علم نہیں۔ مگر میں جانتی ہوں کہ جو لوگ شرافت کے ڈھول پیٹتے ہیں وہ اپنے بچّوں کے مستقبل کا کیا خاک خیال کریں گے۔ تمھارے باپ نے ساری عمر شرافت اور نیکی کے راگ گائے۔ بُرے حال پھرے اور بدحوال پھرایا۔ پھٹی پتلونیں۔ چلیتھڑا پاجامے۔ جھیر جھیر کُرتے اور لیسنڑا جوتیاں رگیدتے دفتر گئے۔ ایسے گھر میں گھر والی پر جو کچھ نہ مصیبت پڑتی کم تھی۔ گود میں بچّہ۔ توے پر روٹی۔ دھوئیں میں آنکھیں۔ کھاتے ہیں تو پہننے کو نہیں۔ پہنتے ہیں تو کھانے کو نہیں۔ بیمار پڑ جائیں تو دوا، ٹھنڈائی کو جھنجی کوڑی بھی میسّر نہیں۔

مگر اُن کے ساتھیوں نے مستقبل پر نظر رکھی۔ ہوشیار اور چوکنّے رہ کر ہر موقع سے فائدہ اُٹھایا۔ دونوں ہاتھوں سے روپیہ کمایا آج اُن کے بچّے لندن اور سوئیٹزرلینڈ میں تعلیم پا رہے ہیں۔ اونچے اونچے ایوان۔ بڑے بڑے ورکشاپ۔ دیوہیکل عمارتیں اُن کے قبضہ میں ہیں اور بڑے سے بڑے افسر اُن کے آگے سر جھکائے دست بستہ۔

دولت بہت بڑی چیز ہے بیٹے۔ زندگی اُن کی ہے جن کے پاس پیسہ ہے۔ جیتے وہ ہیں جن کے پاس دولت ہے اور جو لوگ پیسہ والوں پر پھبتیاں کستے ہیں وہ ناکام ہیں حاسد ہیں بزدل ہیں

درحقیقت ان کو زندہ رہنے کا کوئی حق ہی نہیں۔

میرے بیٹے تمہارے باپ کی جھوٹی شرافت اور نیکی نے میرا ناک میں دم کر رکھا تھا۔ میں نے اُن کو بہت سمجھایا۔ بہتیرا پڑھایا مگر اُن کی سمجھ میں خاک نہ آیا——یہاں تک کہ مجھے اپنا گھر بار اور تم جیسے پیارے بچّوں کو چھوڑنا پڑا۔

لیکن میں اب بھی تم سے غافل نہیں ہوں——چند روز ہوئے میرے لکھپتی شوہر جنّت کو سدھار گئے۔ اب ایک بہت بڑے امیر بوڑھے نے جس کی دولت کی انتہا ہی نہیں اپنا پیغام بھیجا ہے۔ سوچ رہی ہوں کہ کیا کروں؟

تمہارا مستقبل میرے سامنے ہے۔ خدا وہ دن لائے کہ اس اثاثہ سے جو میں نے قربانیاں دے کر حاصل کیا ہے تم جیسے پیارے بچّوں کی مدد کرسکوں۔ سب سے زیادہ فکر مجھے اپنی معصوم بچّی کا ہے خدا معلوم کس کے پلّے باندھی جارہی ہے۔ خدا کرے کوئی مفلس بھک منگا نہ ہو کیونکہ تمہارے باپ کو شرافت سے بہت اُنس ہے——اے خدا میرے بچّوں کی حالتِ زار پر رحم کر۔

تمہاری غمزدہ ماں

میں نہیں روئی

اور جب تم اس وسیع اور البیلی دنیا کو چھوڑ رہی تھیں تو تم نے بڑے پیار سے میرے چہرہ کو دیکھا۔ میں نے تمہاری معصوم سی آنکھوں میں نُور کی آخری جھلک دیکھی اور تم نے زیرِ لب، مسکراتے ہوئے کہا: "جب تم آجاتی ہو تو مجھے ایسا معلوم ہوتا ہے کہ میری ماں آگئی۔"

میرا دل چاہا کہ چیخ کر روؤں ـــــ مگر تم نے رونے دھونے کو کبھی پسند نہیں کیا۔ تم کہتی تھیں "رونا بدشگونی ہے۔ رونا کم ہمتی ہے اور خدا کے حضور میں ایک ناپسندیدہ حرکت.....۔"

.....مجھے یاد ہے جب تم بیوہ ہوئیں تو میں دس سال کی تھی اور تم نے زندگی کی پچیسویں (۲۵) بہار دیکھی تھی۔ ایک بزرگ نے

میرے سر پر ہاتھ رکھ کر سرد آہ کھینچتے ہوئے کہا تھا "یتیمی کا داغ بڑا بھرپور ہوتا ہے"
مجھے یاد ہے تم نے اشارے سے منع کیا تھا کہ وہ ایسا کہیں اور جب ہم بہن بھائیوں نے اپنے رشتہ داروں کو روتے دیکھ کر رونے کی کوشش کی تو تم مسکراتی ہوئی سامنے آگئیں ——— مجھے تم پہلے سے زیادہ سنجیدہ اور باوقار معلوم ہوئیں۔ تمہاری گول گوری گوری کلائیوں میں لال سبز چوڑیاں جوں کی توں موجود تھیں۔ اور ہلکی پیازی ساڑھی میں تمہارا چہرہ کندن کی طرح دمک رہا تھا۔ تم نے سیاہ لمبے بالوں کو سمیٹ کر بڑا سا جوڑا بنالیا تھا۔ تمہاری لمبی گھنیری پلکوں پر نمی سی تھی۔ ایسی نمی جس نے سیاہ آنکھوں کو اور زیادہ سُرمگیں بنالیا تھا۔ میں نے چند لمحے کے لئے گردن جھکا کر یہ بھی سوچا کہ تم بھی ابرِ بہاراں کی طرح رو پڑو۔ تم نے مجھے پیار سے دیکھا اور اپنے مرمریں ہاتھ سے میری ٹھوڑی اونچی کر کے میری پیشانی چوم لی..... مجھے وہ پیار آج تک یاد ہے .... وہ لمس وہ ارتعاش وہ دبی دبی چنگاریاں، جو تم مجھ سے چھپا رہی تھیں مجھے آج تک یاد ہیں۔ مجھے بھی یاد ہے کہ چند بے درد عورتیں آدم خور گدھوں کی طرح تمہارے اِرد گرد جمع ہوگئی تھیں۔ پھر اُن میں سے

ہر ایک نے باری باری کوشش کی کہ تم اپنے گلے سے وہ یاقوتی مالا اُتار دو جو تمھارے شوہر نے پچھلی عید پر تمھیں لاکر دی تھی۔ اور پھر وہ آویزے بھی جو تمھارے بیضوی چہرہ کی زینت کو دوبالا کر رہے تھے۔ ایک ستّر سالہ خاتون نے اپنی کرخت اُنگلیوں میں تمھاری حسین کلائی کو تھام کر کہا....... اب ان چوڑیوں کو توڑدو بیٹی........

اور پھر تمھارے لئے دنیا کی تاریک راتوں سے بھی زیادہ کالی ساڑھی لائی گئی۔ تمھاری نمناک پلکیں یکایک خشک ہوگئیں تم نے تحکمانہ لہجہ میں کہا" مجھے تاریکیوں کی ضرورت نہیں۔ لے جاؤ یہ رنڈسالہ" گھر کے سب لوگ حیران اور ہق وق ایک دوسرے کو دیکھنے لگے۔ کچھ لوگ سرگوشی میں اوائی توائی بک رہے تھے اور کچھ گھٹنوں میں گردن ڈال کر مایوس ہو چکے تھے۔ پھر تم اپنے سونے کے کمرے میں چلی گئیں اور تم نے ہم تینوں بہن بھائیوں کو اپنے بستر پر لٹا کر نرم گرم کمبل میں لپیٹ لیا تھا۔

وہ رات بہت سرد تھی۔ میں نے کئی بار آنکھیں کھول کر دیکھا تم جاگ رہی تھیں۔ جیسے ساری کائنات جاگتی ہو۔ میں نے اپنے چہرہ پر کمبل ڈال لیا اور صبح دیر تک سوتی رہی۔

لیکن جب تم اس وسیع اور البیلی دنیا سے کوچ کر رہی تھیں تو تم نے بڑے پیار سے میرے چہرہ کو دیکھا۔ میں نے تمھاری معصوم سی آنکھوں میں نور کی آخری جھلک دیکھی مجھے ایسا معلوم ہوا جیسے بہت سی کرنیں آخری بار الوداع کہنے آئی ہوں۔ تم نے زیر لب مسکراتے ہوئے کہا۔

"جب تم آجاتی ہو تو مجھے ایسا معلوم ہوتا ہے کہ میری ماں آگئی۔"

میں نے چاہا میں چیخ کر رو دوں۔ مگر تم نے رونے دھونے کو کبھی پسند نہیں کیا۔ تم کہتی تھیں "رونا بدشگونی ہے۔ رونا کم ہمتی ہے اور خدا کے حضور میں ایک ناپسندیدہ حرکت۔"

میں نے نرم گرم کمبل میں تمھارے کافوری پیکر کو لپیٹ لیا اور بالکل نہیں روئی!

پُوت راج

"سیر کی ہنڈیا میں سوا سیر پڑا تو اُبل گئی۔ بھول گئی باسی روٹیاں بھنبھوڑنا۔ پراٹھے کھائے گی کیا؟" عیدن نے نتھنے پھلائے۔

"میں پراٹھا کب مانگ رہی ہوں ماں!" مینو نے گھونگٹ میں سے دو موٹے آنسو گرا دئے۔

"پھر روٹی کیوں نہیں کھا لیتی۔ کیا میں ڈرتی ہوں تیرے خصم سے۔ پال پوس کے اس لئے تھوڑی جوان کیا تھا کہ تیرے حوالہ کر دوں۔ ابھی تو اللہ رکھے اُس کا باوا بیٹھا ہے۔ کان امیٹھنے والا۔ خوب سوچ سمجھ لے جوتے نہ اُڑوا دیئے ہوں تو میرا نام عیدن نہیں چماری!"

مینو نے گھونگھٹ میں ہاتھ ڈال کر آنسوؤں سے بھیگی ہوئی لٹوں کو کانوں کے پیچھے کر لیا اور گھٹنے سے ناک رگڑ کر چولھا

پھونکنے لگی۔

جس دن سے مینو بیاہ کر آئی تھی ساس نے گود گود کر اُس کا کلیجہ چھلنی کر دیا تھا۔ اُس کی ساس کو اس بات کا بھی بڑا دُکھ تھا کہ اُس کے بیٹے نے ایسے غریب گھر کی چھوکری کو کیوں پسند کر لیا سب سے بڑا بیٹا۔ پہلا کار۔ مگر اُس کے ارمان دل کے دل میں رہ گئے!

وہ مینو کی ماں کو گود پھیلا پھیلا کر کوستی کہ اُس نے پھوٹی ہانڈی اُس کے بیٹے کے سر مار دی۔

مگر اب کیا ہو سکتا تھا۔ سانپ نکل چکا تھا۔

"کیوں ری!" وہ بہو کے اُجلے کپڑے دیکھ کر تلملا جاتی۔ "بڑی چٹک مٹک آ گئی ہے۔ ارے میں کہوں ہوں اگر یہ گُن نہ ہوتے تو .... بس نہ کھلواؤ میری زبان"

"ماں" ——— ؟ مینو حیرت سے مُنہ کھول کر اپنی ساس کو دیکھتی رہ جاتی۔!

ہر دن بہو بیٹے کو لڑا دینے کے لئے نئے نئے پینترے بدلتی۔ لمبی لمبی کہانیاں بناتی مگر وہ ٹس سے مس نہ ہوتا۔

"نہ جانے کیسی اُلّو کی لکڑی پھیری ہے ناگن نے"

کبھی اس کو اپنے بیٹے پر ترس آنے لگتا۔

"اس کو لڑکیوں کی کیا کمی تھی۔ مگر ہائے رے مُقدّر"

عیدن کے دل میں طرح طرح کی اُمنگیں اُٹھتیں۔ نئے نئے ارمان انگڑائیاں لیتے۔

"کیا بُری تھی وہ تیلی کی گول مول سی چھوری۔ اور وہ پٹواری کی لونڈیا جس کے انگ انگ میں رُوپ بھرا ہے۔ جب ہنستی ہے تو جیسے پھول بکھر جاتے ہیں۔"

اُس کو منجھونائی کی چھوٹی بیٹی پر بھی بار بار پیار آتا۔ کچی لکڑی جتنا موڑو مُڑتی چلی جائے۔

"اری او مینو کی بچی ـــــــ یہ کپڑوں کی لادی آخر کب تک سڑائے گی کیا لکھ پتنی کے لئے دھوبی لگاؤں۔"

عیدن دِیدے نکال کر ہنکارتی۔

"ابھی دھوتی ہوں ماں۔" مینو سونٹا ہاتھ میں لے کر گٹھری کھینچتی ہوئی کنوئیں پرلے جاتی۔

"آج تین دِنا سے کھاٹ کا جھولا زمین سے لگ رہا ہے مگر تیرے دیدے تو چرنے گئے ہیں۔ یہ نہیں کہ ادوائن کھینچ لیتی۔ مرغیوں کا دانہ میں صاف کروں تو ہوگا۔ تجھے تو ساری دوپہر کوٹھے پر چڑھنے

سے کام۔ نہ جانے کیا کیا میاں کے کان بھرتی رہتی ہے ۔ اور وہ تو نرا گاؤدی ہے ۔ اُلّو کہیں کا ــــــــ مگر خوب سوچ سمجھ لیے ہیں نے پال پوس کے اس لیئے تھوڑی جوان کیا ہے کہ تیرے حوالے کر دوں ــــــــ ابھی تو اس کا باوا بیٹھا ہے کان اُمیٹھنے والا ــــــــ اگر دُھڑّے نہ اُڑوا دیئے ہوں ــــــ تو"

مینو کا کلیجہ گھُٹ گھُٹ کر حلق تک آنے لگتا۔ اُس کا دل چاہتا کہ کہیں کونے میں مُنہ دے کر ہونٹ نکال دے اور ایسی گھِگیا گھِگیا کر روئے کہ سارا انگ ہلکا ہو جائے۔

(۲)

"یہ کرن پھُول تیرے سُسرے کو بہت پسند تھے اب تو پہن لے بیٹی"۔

عیدن نے کانپتے ہاتھوں سے کرن پھُول بہو کو پہنا دئے۔

"پتہ نہیں کیا ہو گیا ہے ماں کو ۔ جیسے کہیں دور چلی گئی ہو ــــ سارے دن گھٹنے پر ٹھوڑی رکھ کر سوچتی رہتی ہے وہ اب گالیاں دینا بھی بھول گئی ہے ــــــــ پتہ نہیں کیا ہو گیا ہے۔ نہ جانے کیا ہو گیا ہے"ــــــــ مینو بار بار سوچتی مگر اُس کی سمجھ میں خاک نہ آتا۔

پھر اس کے گرم گرم لہو میں جوش سا آتا اور وہ شرارت کرنے پر تُل جاتی۔ گھر کی سب چیزیں تتر بتر کر کے ڈال دیتی۔ میلے کپڑوں کی لادھی کھول کر صحن میں بکھیر دیتی۔ مُرغی کے دڑبہ میں کوڑا بھر دیتی۔ دال میں نمک تیز کر دیتی۔ روٹی کے موٹے موٹے کنارے کچے چھوڑ دیتی۔ چارپائی کی ادوائن کھول کر دُور ڈال دیتی! پھر وہ اچھے اچھے کپڑے پہن کر مٹک مٹک کر چلتی۔

اور پھر وہ یہ ساری حرکتیں کرتے کرتے تھک جاتی۔

نہ جانے پھر کیوں اُسے اپنی ساس پر پیار آنے لگتا۔

اس کا دل چاہتا کہ وہ رات کے سناٹے میں چُپکے سے اپنی ساس کے پاؤں دباتے بیٹھ جائے اور جب اُس کی ساس اندھیرے گھُپ میں آنکھیں پھاڑ کر چھت کو تکتی ہو تو وہ دوزانو ہو کر کہے۔

"پوُت راج کی ملکہ! یہ سوگ کیوں؟"

بے بس

امّی اور خالہ امّاں کی کھُسر پھُسر میں باجی اندر ہی اندر گھُلتی جا رہی تھیں۔ ایک سال پہلے بھی امّی اور خالہ اماں میں بڑے زور شور کی کانا پھوسی ہوتی رہتی تھی۔ آخر امّی نے شوکت بھیا کے ساتھ باجی کا نکاح کر کے ہی دَم لیا، امّی اور خالہ امّاں بھی خوش تھیں۔ بھیا بھی نہال نہال وداع کی گھڑیاں گن رہے تھے۔ اور میں بھی ایسی گڑیا سی بھابی پا کر اُس دن کے لئے بے قرار تھی جب بھیا کے سر پر جِھلمِلاتی کرن کا آنچل ڈال کر اپنی باجی کو بھابی بنا کر گھر لاؤں۔

کچھ دن سے امّی اور خالہ اماں میں پھر کھُسر پھُسر ہو رہی تھی۔ لیکن اس دفعہ دونوں سمدھنیں حد درجہ پریشان معلوم ہوتی تھیں۔ بھیّا بھی کھوئے کھوئے پھرتے اور باجی بھی اندر ہی اندر گھُلی جا رہی

تھیں۔ اُن کے پیلے پیلے ہاتھ پاؤں لٹ لٹ کرتی ہوئی کمزور آنکھیں رسان رسان پھولتی ہوئی سانسیں۔ گدرایا ہوا پیٹ، نہ جانے کیا ہو گیا تھا بے چاری باجی کو ــــــ حالانکہ امّی اور خالہ اماں نے دوا دارو میں پوٹا ٹیک دیا تھا، ڈھیروں اجوائن اور گڑ کا اونٹا ہوا شیرہ۔ کچے انڈوں کی زردیاں، دن میں کئی کئی بار ناک پکڑوا کر پلوائیں۔ اور ہر تیسرے دن کسٹر آئل کے جلاّب۔ پھر بھی نہیں پٹختا تھا باجی کا پیٹ۔ اللہ بچائے اس تلّی سے! غضب کا موذی مرض ہوتا ہے یہ!

خالہ اماں کا گھر یوں تو ایک دیوار بیچ تھا لیکن چھت کے رستہ ہر دم آرک جارک نے دونوں گھروں کو قریب ایک ہی کر دیا تھا۔ بھیّا کے نکاح کے بعد مجھے باجی سے اور زیادہ دلچسپی ہو گئی تھی۔ دن میں کئی کئی بار پھیرے رہتے۔ خوب چھیڑ چھاڑ ہوتی اور پھر وہاں سے آکر میں ساری باتیں شوکت بھیّا کے سامنے دُہراتی، بڑے خوش مزاج ہو جاتے تھے اُس وقت تو وہ! ورنہ پہلے تو اپنی بزرگی کی دھونس میں اکڑے ہی اکڑے پھرتے تھے حضرت اور جب امّی کی نگاہ بچا کر بھیّا خالہ اماں کے یہاں جا پہونچتے تو باجی کا حسین چہرہ خوشی سے تمتما اُٹھتا اور اُن کا کانا پردہ دھرا کا دھرارہ جاتا وہ اندر ہی اندر اس کمرے سے اس کمرے میں لپک

لپک کر بھیّا کی مدارات کے دوڑنے لگتیں اور بھیّا خالہ جان کی دوپہر کی نیند سے فائدہ اُٹھاتے ہوئے مجھے خطرے کی گھنٹی بنا کر باجی کے کمرے میں گھس جاتے۔ آج کل تو بہت ہی خلیق ہو گئے تھے۔ میرے بھیّا انتہائی ہنس مکھ۔

کچھ دن سے باجی کی طبیعت زیادہ ناساز تھی۔ بھیّا بھی چپ چپ گھر میں آتے اور پھر گھنٹوں کے لئے باہر نکل جاتے۔ اب انھوں نے خالہ اماں کے یہاں بھی جانا چھوڑ دیا تھا۔ امّی بھی ان دنوں بھیا کے پیچھے ہاتھ دھو کر پڑی رہتیں۔ بات بات میں اُلٹی سیدھی اُکھڑی اُکھڑی باتیں کرنے لگتیں۔ نہ کھانے کو پوچھتیں نہ جانے کو ٹوکتیں ورنہ پہلے تو ماما کو خاص طور پر حکم ہوتا کہ چھوٹے میاں کے لئے پراٹھا ضرور پکا دینا اور دیکھو دو انڈوں کا آملیٹ بھی تیار کر دو۔ سالن بھی تو بدمزہ پکایا ہے تم نے۔ کیسے کھائے گا نگوڑا۔ بچّہ!۔ لیکن اب تو امّی کی خاطر داریوں کے ساتھ ساتھ بھیا کے نخرے بازیاں بھی ہرن ہو چکی تھیں۔

باجی دوائیں کھاتے کھاتے اَدھ موئی ہو گئی تھیں۔ مُرنڈلے ہاتھ پاؤں میں اُن کا مٹکا سا پیٹ غضب کا تن رہا تھا وہ ہر وقت اپنے کمرہ میں پڑی آہستہ آہستہ کھولتی رہتیں۔ امّی کا زیادہ وقت

خالہ اماں کے یہاں گزرتا تھا۔ آج دوپہر سے امّی خالہ اماں کے یہاں پہونچی ہوئی تھیں ۔ رات ہوگئی تھی اور میں اپنے کمرے میں لیٹی ایک کورس کی کتاب دیکھ رہی تھی ۔ بھیّا گھبرائے ہوئے میرے پاس آئے اور انھوں نے ایک لفافہ دیتے ہوئے کہا ۔

”یہ خط کسی نہ کسی طرح اپنی باجی کو پہونچا دو۔“

”لیکن بھیّا اس وقت ؟“ میں نے حیران ہوکر بھیّا کو دیکھا۔

”ہاں ابھی اِسی وقت !“

اُن کا چہرہ غصّے اور پریشانی میں پسینہ پسینہ ہورہا تھا۔ میں لفافہ ہاتھ میں لے کر اپنی چھت پر سے ہوتی ہوئی خالہ اماں کے یہاں اُتری ۔ خاموش اندھیارے میں ایک گھُٹی گھُٹی نوزائیدہ آواز آرہی تھی ۔ اور باجی کے بند کمرے میں ہلکی سی روشنی جھلملا رہی تھی ۔ میں برابر کے کمرے میں گھُس گئی اور جِھریوں سے دیکھنے لگی ۔ خالہ اماں ایک گلگوتھنا سے بچے کو اپنے فرشی پائنچوں میں لپیٹ کر زور زور سے مروڑ رہی تھیں !

”اوہ خدا“ میرا سارا جسم لرزنے لگا۔

”ہوچکا ختم یا نہیں !“ امّی نے خالہ اماں سے پوچھا۔

”ہاں آں“ خالہ اماں نے ہانپتے ہوئے کہا۔

باجی نے آنکھیں بھینچ کر ایک لمبی اور بے بس چیخ ماری۔

"ذرا اِدھر تو دیکھو آپا! امّی نے گھبرا کر باجی کی طرف اشارہ کرتے ہوئے خالہ اماں سے کہا۔

خالہ اماں بوکھلا بوکھلا کر باجی کے پیٹ سینے اور ناک کے پاس ہاتھ لگا کر سانس کی آمد رفت کو ٹٹول رہی تھیں اور میری مٹھی میں بھیّا کا لفافہ چُرمُر ہو کر رہ گیا تھا۔

صبح ہوتے ہوتے خالہ اماں کے گھر سے دو لاشے سپردِ خاک کئے گئے تھے، ایک پچھواڑے کے گھورے پر۔ اور دوسرا نئے قبرستان میں۔ دوپہر کے بعد۔ جب میں گھر آئی تو بھیّا آنکھیں بند کئے ہوئے خشک گلے میں لمبے لمبے گھونٹ اُتار رہے تھے۔ نہ جانے کیسے گھونٹ تھے یہ! ــــــ تلخ یا شیریں؟

بُت خانہ

اُس نے چیدہ چیدہ تصویروں کو میز پر جمادیا اور رنگ برنگ لفافوں کو باری باری پڑھتا رہا۔ کسی جاندار سے فقرے پر چونک کر وہ خط سے وابستہ تصویر کو دیکھنے لگتا۔

"ان آنکھوں میں خلوص ہے۔ اور یہ بال واقعی چمکیلے اور حسین۔ مگر رخسار پر یہ سیاہ تل کہیں مصنوعی تو نہیں!"

وہ جلدی سے انگلی سے چھولیتا۔ سُنتے ہیں کہ آنکھیں دل کی آئینہ دار ہوتی ہیں۔ وہ جلدی جلدی دو دو آنکھوں سے دیکھتا چلاجاتا نیلی۔ بھوری۔ سیاہ۔ ہلکی شربتی۔ اُسے ایسا معلوم ہوتا جیسے کسی خوب آگیں کمرہ میں ڈبل بیڈ بچھادئے ہوں اور کمرہ کی ہلکی سکون آور فضا اس کو پکار رہی ہو۔ تر جیح کر، رسان سے، ہولے ہولے

"پتہ نہیں۔ یہ سب کچھ کیا ہو رہا ہے"۔ وہ آنکھیں بند کر کے سوچنے لگتا۔ اندھیرے گھُپ میں سناٹا اور خاموشی جیسے بجلی کڑک گئی ہو۔ اُس کے پپوٹوں میں دو گولیاں بار بار چمک اُٹھتیں۔ وہ گھبرا کر آنکھیں کھولتا۔ ہاتھ پر ٹھوڑی رکھنے کے انداز اور انواع و اقسام کی مسکراہٹیں۔

"ابھی بہت وقت ہے۔ اس ہفتہ پھر کسی اسٹائلش سے پرچہ میں نئے انداز کا اشتہار۔ گوری۔ کالی۔ کشمیرن۔ بنگالن"۔

ایک جان اور سو روگ۔ اس کا دل چاہ رہا تھا کہ وہ خوب پھوٹ پھوٹ کر روئے۔ چیخ چیخ کر روئے۔ یہ سب لوگ اس کے پیچھے کیوں ہاتھ دھو کر پڑے ہیں۔ آخر اس کی بھی کوئی پسند ہو سکتی ہے۔ اس کا انتخاب بھی کوئی حقیقت رکھ سکتا ہے۔

"بھابی اختر کہتی ہیں۔ تم شادی کب کر رہے ہو انور کیا بڑھاپے میں دلہن لاؤ گے؟"

"کیا کروں بھابی آج کل کی لڑکیاں بوڑھے مردوں پر جان دے رہی ہیں مجھے تو ان کے لئے بال سفید کرنے ہی پڑیں گے!"

"لیکن اُس وقت اگر لڑکیوں کا نظریہ بدل گیا تو؟"۔ بھابی اختر تیکھے انداز میں اُس کے بھالا بھونک دیتیں۔

"مجھے تو ان کی بہن بھی بہت پسند ہے۔ ستھری اور بااخلاق، اس بُت خانے میں نت نئے چہرے چھپائے بیٹھا ہوں یہ دل گردہ۔ یہ ضبط اور تحمل۔ اگر میری جگہ کوئی دوسرا ہوتا تو زندہ رہنا مُحال۔ نہیں صاحب! بلکہ ناممکن تھا۔"

اُس نے اپنی بھینگی آنکھ کو جو آپریشن سے قدرے سیدھی ہو گئی تھی۔ ایک کمسن سے چہرے پر گاڑ دیا۔ یہ تصویر اُسے ابھی ابھی موصول ہوئی تھی۔

"ارے بس! آٹھویں جماعت میں ــــــ بچہ ہے بیچاری!"

جیسے اُس کو ترس سا آ جاتا۔

جوانا مرگ

"یہ تو تیس دن کا روگ لگ گیا ہے ہماری جان کو ـــــ اچھے پڑوسی ملے ہیں، جب دیکھو آٹے کی لگنی لئے کھڑی رہتی ہے لونڈیا ـــــ ارے بھئی کیا ہے"؟ امّی نے جھلّا کر پوچھا۔

"سیر بھر آٹا منگایا ہے اماں نے ــــ کل دے جاؤں گی"۔

وہ دروازہ سے لگی، چھوٹے بھائی کو گود میں لئے سہمی سہمی آنکھوں سے امّی کو دیکھ رہی تھی۔

"آٹا، دال، چاول ــــ آخر کہاں سے دئے جاؤں روز۔ روز۔ ناک میں دم کر رکھا ہے تم لوگوں نے، راشن کا زمانہ مہنگائی کا سماں، بلیک مارکیٹ کا راج۔ آخر اناج کے کنوئیں تھوڑی بھر رکھے ہیں، ہیں نے! پہلے بھی تو لے گئی تھیں تم، دو سیر آٹا

ایک ڈبہ دال اور دو ڈبے چاول کے ۔ وہ کیوں نہیں لائیں۔ ؟"

" امّاں نے کہا ہے کل آپ کا سب آٹا بھجوا دوں گی۔ آج ابا کو کام مل گیا ہے رات کو روپے لائیں گے وہ ۔

" ارے بس لا چکے وہ، نہیں بی میرے یہاں بالکل گنجائش نہیں ہے۔ اللہ رکھے میرے گھر کو، تین چار تو نوکر ہی ہیں کھانے والے آخر یہ کس گھر سے آئے گا۔"

لڑکی کے ہونٹ کپ کپائے، اور کئی موٹے آنسو اُس کے مٹیالے رخساروں پر لکیر کھینچ کر سوگوار چھاتی کی دھڑکنوں میں جذب ہو گئے برابر کے مکان میں اُس کے کئی بہن بھائی بھوک سے بلک رہے تھے اور جب وہ خالی لگن لے کر گھر میں گھسی تو اُس کی ماں نے چیخ کر کہا۔

" اری لائی نہیں آٹا، او نرد کی بچی! کہاں مری ہوئی تھی تو۔ ؟"

" نہیں ملا آٹا واٹا" اس نے سسک سسک کر کہا۔

چھوٹا بھیا نرد کی لٹ پوری قوت سے کھینچ کر چیخ رہا تھا اور ماں اس کو شیرنی کی طرح گھور رہی تھی ۔ آخر وہ کر ہی کیا سکتی تھی ؟ وہ بے بس، چوباسی، چھوکری !

شام ہو چکی تھی ۔ ہم لوگ نمائش جانے کی تیاری کر رہے تھے، آج میں نے امی کی کئی بار خوشامد کی کہ وہ فرد کی ماں کو تھوڑا سا

آٹا بھیج دیں۔کل ہمارا آٹا مل جائے گا۔ فرد کہہ رہی تھی کہ آج ضرور پیسے آجائیں گے لیکن امی کو اپنے دو سیر آٹے کا بہت ہی ملال تھا۔

بہت بڑی نمائش آئی تھی ہمارے سیتا پور میں۔ بڑے بڑے کرتب دکھائے جاتے تھے۔ اُس میں ایک موت کا گولہ تھا۔ ایک تھراز پرنسٹ سائیکل سوار تھا جو تاروں پر سائیکل دوڑاتا تھا اور ایک آدمی نے تو اندھیر ہی کر دیا تھا۔ وہ اپنے کپڑوں میں آگ لگا کر۔ . ایفٹ کی بلندی سے پانی کی ٹنکی میں کودتا تھا۔ کیسا بہادر آدمی ہوگا وہ۔

اور جب ہم نمایش کے دروازہ میں داخل ہوئے تو میری آنکھیں جھلملاتی دکانوں کو دیکھ کر چوندھیانے لگیں۔ چاندی کے برتن، جواہرات کے زیور، زرق برق کپڑے، لپ اسٹک، پوڈر، کریم اور لونڈر کی مدہوش کُن لپٹیں، رنگین قمقمے، جھولوں اور ہنڈولوں کا بے پناہ شور، بجلی کی چھوٹی کاروں میں بیٹھے ہوئے چند بے فکرے اور دل چلے انجان بن بن کر کسی من چلی حسینہ کی کار کو دھکے سے نیچے دھکیل دیتے تھے، اور وہ پُرلطف چیخ کے ساتھ لچک لچک کر رہ جاتی

تھی کتنی حسین دُنیا تھی یہاں کی۔ حسین اور دلچسپ۔

بھائی جان نے میرا بازو پکڑ کے کہا: "تم تو ہق دق رہ گئیں۔ آؤ اُدھر چلیں دیکھو وہ آدمی آگ لگا کر کودنے گا۔"

امّی جان اور میں جلدی جلدی وہاں پہنچ گئے۔

سَو فیٹ کی بلندی پر کھڑا ہوا شخص اپنے اوپر پٹرول چھڑک رہا تھا۔ میرا دل دَھک دَھک کرنے لگا۔

اُس نے دیا سلائی جلا کر اپنے کپڑوں میں آگ لگالی تھی۔ سر سے پاؤں تک آگ کا گولہ ـــ وہ ایک دم کود گیا ـــ دھماک ـــ چاروں طرف سے لوگ ٹنکی کی طرف دوڑ رہے تھے۔

ہم نے قریب سے دیکھا تو ٹنکی کی لگر پر اُس کی چھپڑا سی کمر رکھی ہوئی تھی۔ پاؤں پانی میں تھے اور جھلسا ہوا سر ٹنکی سے باہر لٹک رہا تھا۔ کچھ لوگ سوگوار قدموں سے باہر آرہے تھے!

پیچھے سے کوئی کہہ رہا تھا "یار وہ تو بالکل نیا آدمی تھا۔ آج پہلی ہی بار کودا تھا۔

"جب ہی تو۔ بھئی یہ کم بخت پیسہ کی ہوس میں اندھے ہو جاتے ہیں۔"

"لالچ بُری بلا ہے۔" دوسرے آدمی نے کہا۔

گھر آکر میں نے کھانا بھی نہیں کھایا اور میں ایک کتاب لے کر

اپنے کمرہ میں چلی گئی۔ کچھ دیر کے بعد برابر کے مکان سے فرّد کی ماں
کی دل خراش چیخوں نے میرے حواس معطل کردیے۔

"امّی سنا آپ نے" میں جلدی سے باہر آگئی "دیکھئے فرّد کی
امّاں رو رہی ہیں اور کئی بچّے بھی چیخ رہے ہیں"۔

"پھر میں کیا کروں؟ کھانے کو نہیں ہوگا اُن کے یہاں، میاں ہاتھ
ہلاتے آگئے ہوں گے، اور بھئی مولی اپنے پتّوں میں خود بھاری ہے۔
بھلا دو سیر آٹا پہلے کا کب تک چلایا ہے"۔

"نہیں امّی یہ بات نہیں معلوم ہوتی"۔

"پھر آخر کیا ہے؟" امّی ناراض ہوکر بولیں۔

"کچھ نہیں امّی"۔

اور میں جلدی جلدی زینہ چڑھتی چلی گئی۔ فرّد کی گُنوئیں
سی الگنائی میں ایک میّت رکھی تھی۔

میں نے آنکھیں پھیر پھیر کے دیکھا۔ فرّد اگر کی دو بتّیاں
میّت کے سرہانے کی دیوار میں اُڑس رہی تھی۔ اور اُس کی
ماں دونوں گھٹنوں میں کلیجہ دبائے اُکڑوں بیٹھی تھی۔ اب
تھک بھی تو گئی تھی۔ وہ بے چاری خالی پیٹ چیختے چیختے!

ایک بوڑھی عورت نے آنسو پونچھتے ہوئے کہا۔

”آج ہی تو آیا تھا وہ میرے پاس، کہہ رہا تھا خالہ شام کو نمائش میں ضرور آنا میں آگ لگا کر کود دوں گا۔ سو فیٹ کی اونچائی سے کود دوں گا۔ خالہ، دو سو ۲۰۰ روپئے ملیں گے مجھ کو۔ بچے بہت ہی دکھ اٹھا رہے ہیں، ان کی عید تو خوب جھل مل کی ہو جائے گی“۔ میں نے بہت ہی منع کیا اُس کو کہ اے جوانا مرگ ایسا نہ کر یو۔ پر پیٹ نے سب ہی کچھ کروا لیا۔“

ناہنجار

دادا آبا نے ان کا نام ہی ناہنجار رکھ دیا تھا۔ وہ کہتے تھے یہ خاندان کی ناک کٹوا کر چھوڑے گا۔ دادی قادری کو اپنے ناہنجار بیٹے سے بڑا پیار تھا وہ ان کی ہر آن پر جان دیتی تھیں ۔ ان کا مُنہ دیکھ کر جیتی تھیں ۔ یہاں تک کہ دادا آبا کی ساری عمر کی کمائی جو انھوں نے بڑی بڑی رشوتیں لے کر جمع کی تھی ۔ بچا ناہنجار اور ان کے یار دوستوں پر بے دریغ خرچ ہونے لگی ۔ جوں جوں بچا بڑے ہوتے گئے ان کے اوباش قسم کے دوستوں میں دن دونی رات چوگنی ترقی ہوتی گئی اور دادا آبا کے غیض و غضب کے ساتھ دادی قادری کا پیار بھی بڑھتا گیا ۔ اور بچا پورے زور و شور سے کڑیل جوان ہو گئے ۔

جب وہ آدھی پچھلی رات کو جھومتے جھامتے گھر میں گھسے تو امّی جان جلدی سے نیبو کا آبشورہ تیار کر کے لے آتیں۔ چچا کو امّی سے بڑا اُنس تھا اس لئے وہ گٹا گٹ اُن کے ہاتھ سے پی لیتے تھے۔ برابر کے گھر میں چچا کی زرد رو بیگم اپنے ماں باپ اور بہن بھائیوں کے ساتھ رہتی تھیں۔ اصل میں چچا کی شادی کم عمری میں ہو گئی تھی۔ اس لیے اُنھوں نے کبھی شادی کی اہمیت کو سمجھا ہی نہیں چچا کی زرد بیگم کو اپنے ماں باپ کے ساتھ رہتے کافی عرصہ ہو گیا تھا۔ کبھی کبھار وہ گھڑی دو گھڑی کے لیے دادی قادری سے ملنے آجاتیں وہ بھی اُس وقت جب چچا گھر میں نہ ہوتے۔ اُن کی پھٹی پھٹی آنکھیں اور دھڑی لگے ہوئے ہونٹوں کو دیکھ کر چچا کی آنکھوں میں خون اُترنے لگتا۔ اُنھیں ایسی باوفا اور پیکرِ عفّت بیوی کو دیکھ کر قے آنے لگتی۔ وہ زور سے چیخ کر کہتے۔

نکل جاؤ یہاں سے اے عصمت مآب! دور ہو جاؤ نظروں سے۔"

پھر اُنھیں ایک بہت زور کی اُبکائی آتی۔ پھر وہ باہر کے دالان میں بان کی چارپائی لیٹ کر دیر تک ٹُک کرتے۔ سارے دالان میں کھٹّی بدبوؤں کا طوفان آجاتا۔ دادی قادری لوٹے میں پانی اور ہاتھ میں جھاڑو لے کر ناک پر دوپٹہ لپیٹ کر پتھر کے

دالان سے بار بار پانی کو سونگھتی ہوئی باہر لے جاتیں پھر ان کا دم گھٹنے لگتا۔ پھر وہ امّی جان سے کہتیں۔

"بہو ذرا تھوڑا فنائل اور سنو ایک پھویا عطر کا۔"

پھر وہ کان میں مہکتا ہوا پھویا رکھ کر جلدی سے قلعی دار پٹاری کھول لیتیں الائچی اور قوام کے دو تین ٹکڑے کھانے پر بھی ان کی طبیعت دیر تک متلاتی رہتی۔

اور جب دادا ابّا مسجد سے نماز پڑھ کر تسبیح ہلاتے گھر میں آتے تو بچّا کو خرّاٹے لیتا دیکھ کر ان کی ابھری ہوئی آنکھوں میں خون اترنے لگتا۔ دادی قادری بیٹے کی پیشانی کو چھو کر یہ بتانے کی کوشش کرتیں جیسے دشمنوں کا پنڈا پھیکا ہے۔ دادا دل ہی دل میں کڑھتے اور ایک ٹھنڈا سانس لے کر تسبیح ہلانے لگتے۔

بچّا کا روزانہ یہ دستور کہ صبح ہوئی چور مچور اصلی گھی کے دو پراٹھے آدھ پاؤ قیمہ دو انڈے ڈٹ کر کھاتے اوپر سے ایک گلاس دودھ چڑھایا۔ ململ کا باریک کرتا گلے میں ڈالا۔ ریشمیں کمر بند لٹکایا اور گریبان کے بٹن کھول کر ہاتھ میں چھڑی لے باہر چل دیئے۔ کبھی بھولے بسرے خواب کی طرح انہیں

جب اُن آجاتا تو وہ سسرال کی ڈیوڑھی میں چوسر یا پچیسی کی محفل جما لیتے۔ کبھی کبھی اُن کا چھوٹا سالا بھی کھیلنے بیٹھ جاتا۔ زنانہ میں سے بار بار چائے شربت پان کی گلوریاں۔ اور کھانے کے وقت پُر تکلف کھانا آجاتا۔ اور جب کھیل ختم ہو جاتا تو چچا باہر کے بانکے جھومتے مسٹنڈے دوستوں کے گلے میں ہاتھ ڈال کر چل دیتے اور چچا کی زرد رُو بیگم پھولے پھولے پپوٹوں کو کواڑ کی جھِری میں لگا کر لمبی لمبی سانس کھینچتی۔ پھر اس کو بڑ جمتّول دورہ پڑتا اس کی نس نس کھینچ کر تانت بن جاتی۔ پھر اس کے گلے سے خوف ناک چیخیں نکلنے لگتیں۔ مانجھے سے بھری ہوئی غدغاتی چرخیاں۔ پٹیل۔ دُم چھلے۔ پیچ در پیچ۔ یہ کاٹا وہ گرایا اور پھر کبوتر۔ بھری چھتری کی طرف انگوچھا لہرانا۔ سیٹیاں۔ آوازے۔ پھڑ پھڑاہٹ نہ جانے کون کون سی بے تکی اصطلاحیں استعمال ہوتیں اور جب وہ تھک ہار کر کوٹھے سے نیچے اُترتے تو کٹورہ بھر کر غٹا غٹ ڈھیر سا پانی چڑھا جاتے۔

دادی قادری سے قوام کی خوشبودار گلوری لے کر وہ باہر نکل جاتے کبھی کبھار ایسا بھی ہوتا کہ وہ چھتے کی دہلیز پر تہبند اور کُرتہ پہن کر بیٹھ جاتے۔ چچا کو فقرے چُست کرنے میں بڑا ملکہ تھا۔ جب وہ کسی راہ گیر پر کوئی فقرہ چُست کرتے تو گلی کے نوجوان لڑکے ہنستے ہنستے

لوٹ پوٹ ہو جاتے لیکن چچا کے منہ پر ہلکی سی مسکراہٹ بھی نہ آتی۔ وہ ڈبیہ میں سے پان کھا کر سڑک پر لمبی سی پیک مارتے۔ پھر کوئی پھول والا ان کے گلے میں موتیا کی لڑی ڈال کر چپ کھڑا ہو جاتا اور وہ جیب میں ہاتھ ڈال کر دو چار دس پانچ جو ہاتھ میں آتا نکال کر بغیر دیکھے ہوئے۔ اُس کی طرف بڑھا دیتے۔ پھر وہ کسی مہاجن کی موٹی سی بنیٹی کو دیکھ کر آنکھ مار کر اشارہ کرتے پھر دو چار ننگے چھوکرے سڑک پر دوڑتے۔ پھر دس گز کا لہنگا سر پر آ جاتا پھر سارے راہ گیر ٹھٹک کر رہ جاتے اور سارے لڑکے تالیاں بجاتے۔ پھر سعڈے مسٹنڈے موچھوں پر تاؤ دیتے اور چچا کی تیوریاں چڑھ جاتیں اور وہ تہبند جھاڑتے ہوئے موٹی سی گالی بکتے۔ پھر وہ منہ ہی منہ میں بڑبڑاتے۔

"یہ بھی کوئی مذاق ہے یہ بھی کوئی ہنسنے کی بات ہے۔ جاہل، نامعقول۔ چغد"۔

جب ہنو ماموں نیچی گردن کئے چپ چپ گلی سے گزرتے تو چچا ان کا اُترا اُترا چہرہ دیکھ کر سب کچھ تاڑ جاتے وہ جست مار کر ان کی جیب میں سو پچاس کی گڈی ڈال دیتے۔

ہنو ماموں آنکھیں پھاڑ کر چچا کو دیکھتے۔ لیکن چچا بغیر سلام علیک

گئے دکھائی سے آگے بڑھ جاتے۔ پھر وہ چھپتے کی دہلیز پر پاؤں پر پاؤں رکھ کر بیٹھ جاتے۔ گلی کے لڑکے ان کو چاروں طرف سے گھیر لیتے دادا ابا مسجد سے نکلتے تو چچا پکڑے۔ جھاڑ کر مؤدب کھڑے ہو جاتے۔ اور وہ چلے جاتے "ناہنجار" آہستہ سے کہتے ہوئے۔ پھر چچا کی لال لال آنکھیں اور زیادہ لال ہو جاتیں۔ انھیں بہت زور کی متلی ہونے لگتی پھر وہ لپک کر گھر میں آجاتے۔ باہر کا دالان کھٹی تیزابی بو سے لبریز ہو جاتا دادی قادری قوام کی خوشبودار گلوری جلدی سے بیٹے کی طرف بڑھاتیں مگر اُن کی اُبکائی کسی طرح نہ رُکتی۔ ایسا معلوم ہوتا کہ ان کی انتڑیاں بوند بوند باہر اُگل دیں گی۔ پھر وہ جیب میں ہاتھ ڈال کر نوٹوں کی موٹی گڈی زمین پر دے مارتے پھر دادا صحنچی سے نکلتے ہوئے چیختے۔

"یہ ناقدری نکال باہر کرو ناہنجار کو!"

پھر وہ بغل میں تسبیح دبا کر اپنے گاڑھے پسینہ کی کمائی سمیٹتے۔ اُن کے جسم میں لرزہ سا آنے لگتا۔ اتی جان آبشورے کے دو گلاس لے کر جلدی سے آجاتیں۔ قوام کی مزیدار گلوری کی لمبی سی پچکاری صحن میں پھیل جاتی۔ دادی قادری ہاتھ میں لوٹا اور جھاڑو لے کر دالان اور صحن کو دیر تک دھوتی رہتیں۔

بتّی

"یہ گلمرگ تو بڑی دلکش جگہ ہے چچا حسن!" عزیز نے پیراڈائز ہوٹل کی طرف بڑھتے ہوئے کہا۔

"اس میں کیا شک ہے! لیکن تمہاری چچی کی بھی سمجھ میں آجائے کیوں صفیہ! کیا خیال ہے تمہارا!" حسن نے اپنی نئی نویلی بیوی کی طرف مسکرا کر دیکھا اور وہ بھی مسکرا دی۔

"چچی دلہن کو تو ضرور پسند آئے گی یہ جگہ، اگر نہ آئے تو میرا ذمہ!" عزیز نے بظاہر اس کا فیتہ گلے میں ڈھیلا کرتے ہوئے کہا۔

"اچھا یہ دعویٰ؟ چچی دلہن عزیز کی بچکانہ باتوں پر ہنس دیں۔

"واللہ یہ ہوٹل تو بڑی اچھی جگہ واقع ہے اس نالے کو تو دیکھئے کتنے زوروں سے بہہ رہا ہے۔"

"اور یہ پانی کہاں سے آرہا ہے چچا حسن!" عزیز نے سیاہ چشمہ جیب میں رکھتے ہوئے پوچھا۔

"برف کی بڑی بڑی چٹانیں تمازت آفتاب سے پگھل کر بہتی ہیں، یہ اُس کا پانی ہے، ذرا ہاتھ ڈال کر دیکھو" حسن نے عزیز کی طرف اس طرح دیکھا جیسے وہ اُس سے بڑا بہادری کا کام لینا چاہتے ہیں۔

"آپ بھی کمال کرتے ہیں بھلا اس ٹھنڈک میں۔۔ اگر زکام وکام ہوگیا۔۔۔۔ تو" صفیہ نے کہا۔

"تو۔۔۔۔ تو آپ فوراً چائے پلوادیں گی" عزیز نے روٹھے مُنہ سے کہا۔ اور چچا حسن بھتیجے کی حاضر جوابی پر مسکرا دیے۔

حسن نے صفیہ سے مشورہ کرکے ہوٹل کے دو کمرے منتخب کرلیے جو اوپر کی منزل میں کونے پر تھے اور جہاں سے گُلمرگ کا گوشہ گوشہ نظر آتا تھا، لمبے لمبے گنجان درختوں کے گول مول گھیرے میں تازہ دم گھاس کا مخملی میدان، اور سوڈا واٹر کی طرح اُبلتا ہوا تیز گام نالہ دُور دُور تک چھینٹے اڑا رہا تھا۔

"جناب انگریز تو جان دیتا ہے۔ اِس میدان پر جبھی صاحب لوگ آتا تھا سیزن گزارنے! یہ تو نصیب کی بات ہے کہ

جھگڑے شروع ہو گئے ورنہ اس ہوٹل میں ایک انگل جگہ بھی خالی نہ ملتی تھی۔ اور بعض دفعہ تو ہم کو میدان میں ٹینٹ گڑوانے پڑتے تھے۔ کیا چہل پہل ہوتی تھی اب تو اُلّو بول رہا ہے"۔ ہوٹل کے ایک ملازم نے کمرے کی کھڑکیاں کھولتے ہوئے سرد آہ بھری۔

"سچ کہتے ہو میاں! ایک نہیں۔ دو اُلّو۔۔۔۔۔ لاؤ تم چائے تو لاؤ"۔ حسن نے سنجیدگی سے کہا۔

"اور عزیز کہاں ہے؟" صفیہ نے حسن سے پوچھا۔

"وہ دیکھو وہ تینوں گھوڑے اُس نے ٹھہرا لئے ہیں اور ایک پر خود بیٹھا ہے، بولو چل رہی ہو گھومنے؟"

"چلئے مگر۔۔۔۔" صفیہ نے کہا۔

"مگر کیا۔۔۔۔؟" حسن نے پوچھا۔

"یہ گھوڑے کی سواری مجھے تو بہت تھکا دیتی ہے"۔ صفیہ نے کہا۔

"آیئے چچی دُلہن!" نیچے سے عزیز نے پکارا۔

"ابھی چلتے ہیں، آؤ پہلے چائے تو پی لو" صفیہ نے کھڑکی سے سر نکال کر کہا۔

"دیکھا تم نے کتنی جلدی ہو رہی ہے اس کو سیر سپاٹے کی

کالج کے چنچل لڑکوں میں شمار ہوتا ہے اِس کا۔ لیکن بعض دفعہ" حسن کہتے کہتے رُک گئے۔

"بعض دفعہ کیا؟" صفیہ نے پوچھا۔

"بچّہ ہی تو ہے قدرا زیادہ شوخ ہو جاتا ہے۔ تم کو ناگوار تو نہیں گذرتیں اس کی باتیں"۔ حسن نے کہا۔

"نہیں جی! کوئی بھی نہیں"۔

وہ تینوں چھوٹے چھوٹے پہاڑی گھوڑوں پر بیٹھ کر اُس پتلی سی پگڈنڈی پر پہونچ گئے تھے جس کے ایک طرف اونچی نیچی پہاڑیوں کا سلسلہ تھا اور دوسری جانب عمیق اور ڈراؤنے غار، کالے گھنیرے جنگل!

عزیز نے اپنا گھوڑا سب سے آگے کر لیا تھا، چچا حسن پیچھے تھے اور چچی دُلہن کے گھوڑے کی لگام ایک کشمیری سیاہ چشم کے ہاتھ میں تھی۔ چچی دُلہن کو کشمیریوں سے بڑی ہمدردی تھی۔ اور جب چچا حسن ڈل کے گہرے پانی سے اُکتا کر اپنا ہاؤس بوٹ چنار باغ کے پاس لے آئے تھے تو چچی دُلہن ایک چنار کے سایہ میں مونڈھا ڈالے گھنٹوں راحتی سے باتیں کرتی رہتی تھیں۔ پھولسی کی طرح نرم نرم سفید رُو لڑکی سے انھیں گہرا شغف تھا۔

راحتی نے بتایا تھا کہ اس کی شادی ایک بوڑھے مانجھی سے ہونے والی ہے، ڈھائی سو کی رقم اُس کی ماں نے اپنی بیٹی پر لے لی ہے اُس نے یہ بھی بتایا کہ مجھے یہ مانجھی لوگ ذرا بھی پسند نہیں، موٹے موٹے ڈنڈوں سے مارتے ہیں اپنی عورتوں کو اور یہ ڈھیلے ڈھالے جھولا سے کرتے اور دونوں آستینوں کو خالی چھوڑ کر اپنے ہاتھ اندر سمیٹ لیتی اور ہنستے ہنستے بیر بہوٹی ہو جاتی اُس نے بتایا کہ اس کی سسرال خوبصورت جھیل کے پاس ہے، اُس کا معمر دولھا ہر روز سیر دن مچھلیاں پکڑتا ہے چھوٹی چھوٹی بڑی بڑی اور بہت بڑی، اور جب سیزن شروع ہوتا ہے نشاط باغ، شالا مار، شاہی چشمے، دیسی لوگ، صاحب لوگ اور بڑا بڑا سیٹھ جاتا ہے چاندنی راتوں میں سیر کرنے، ڈل کی چھاتی پر رینگتے ہوئے ڈونگوں میں۔ چھپا چھپ کی آوازیں آتی ہیں، اُس کی ماں کہہ رہی تھی کہ میری بیٹی کا ڈونگہ راجہ اندر کے اکھاڑے سے کم نہیں ہے اور راحتی اپنی چھلا ندھی اوڑھنی سر سے لپیٹ کر ٹکر ٹکر ماں کو دیکھنے لگتی۔

اور ایک بار جب راحتی کے باپ نے دو روپے کا مرغ سوا تین کا لا کر دیا تو چچی دُلہن نے چچا حسن کا غصہ اُتارنے

کے لئے مرغ کو ٹٹولتے ہوئے کہا، ہاں بھئی ہو گا سوا تین کا۔ کتنی باوقار معلوم ہو رہی تھیں چچی دُلہن۔ اُنھوں نے گھوڑے کی سواری کے لئے قرمزی رنگ کا چُست پاجامہ پہن رکھا تھا۔

عزیز نے اپنا گھوڑا سب سے آگے کر لیا تھا۔ چچا حسن پیچھے تھے اور چچی دُلہن کے گھوڑے کی لگام سیاہ چشم کشمیری کے ہاتھ میں تھی، عزیز نے سوچا اگر وہ پچھلے گھوڑے پر ہوتا تو اچھا تھا۔ چچا حسن پیچھے سے بار بار تنبیہ کرتے چلتے تھے "تیز نہیں آہستہ اور آہستہ"

"بہت اچھا، بہتر ہے۔ پھر آگے کیوں نہیں آجاتے ہو!" وہ چچا حسن سے بُری طرح کھول رہا تھا۔

چچی دُلہن کو گہرے گہرے غار دیکھ کر کئی بار جھرجھریاں آگئیں۔ "بھئی ہم کو تو ڈر لگ رہا ہے دیکھئے نا کس قدر ڈراؤنے کھڈ ہیں!" اُنھوں نے چچا حسن سے کہا "بڑی ڈرپوک ہیں چچی دُلہن۔ اگر بے چاری عورت ہی تو ہیں نا" یوں تو عزیز کو بھی کئی بار جھرجھریاں سی آئیں اور وہ سینہ تان کر سوچنے لگا کہ بعض جھرجھریاں واقعی بڑی لطیف ہوتی ہیں۔

"بس کل صبح تو آ ہی جاؤں گا میں! صرف ایک رات کی بات ہے۔" حسن نے صفیہ سے کہا۔

"لیکن وہ خود بھی آ سکتے ہیں یہاں! آپ ہی کا جانا کیا ضروری ہے۔" صفیہ چڑ رہی تھی۔

"تم نہیں جانتیں صفی وہ صرف میری وجہ سے یہاں آیا ہے۔ میری نگر ہے کتنی دور؟ صبح ہی صبح ہم دونوں چل دیں گے وہاں سے۔"

"ناشتہ تو تمہارے ساتھ ہی ہوگا ٹھیک ہے نا؟" حسن نے بیوی کو بہلایا۔

"آخر یہ بخاری ہیں کون بلا؟" صفیہ نے پوچھا۔

"بھئی میرا کلاس فیلو! بڑا زندہ دل انسان ہے، آج کل اُس کی بیوی سخت بیمار ہے۔" حسن نے کہا۔

"تو بیوی بھی ساتھ ہوں گی؟" صفیہ نے پوچھا۔

"ارے نہیں! وہ بے فکرا بیویوں کے ساتھ تفریح کرنے کو لعنت اور گناہ سے تعبیر کرتا ہے۔" حسن نے اپنے دوست کی تعریف کر ڈالی۔

"عجب آدمی ہے وہ، یعنی بیوی کو بیمار چھوڑ کر سیر کرنے آئے ہیں۔ بھئی ہم کو ایسے اٹھائی گیرے لوگ ذرا پسند نہیں۔" صفیہ

نے بھنویں سکیڑ لیں۔

"بھئی وہ تو بڑا دلچسپ انسان ہے۔ ایک بار اُس کی بیوی دردِزہ میں تڑپ رہی تھی ماں نے کہا" بیٹے لیڈی ڈاکٹر کو لے آؤ۔۔۔" بتاؤں پھر کیا ہوا۔

حسن کا چہرہ ہنستے ہنستے سُرخ ہوگیا۔

"کیا ہوا؟" صفیہ نے حیرت سے پوچھا۔

"پورے ایک سال کے بعد جب بچّی پاؤں چلنے لگی اُس وقت ابا جان تشریف لائے!"

"ارے؟" صفیہ نے استعجاب سے منہ پھاڑ دیا" تب تو بڑے وحشی قسم کے آدمی ہیں وہ!"

"آپ کیا کریں گے وہاں جاکر"۔۔۔ صفیہ سوچ میں پڑ گئی۔

"بھئی واہ۔ اتنی پکّی؟" حسن ہنس دیے!

"اچھا خدا حافظ صبح آٹھ بجے تک تو آ ہی جائیں گے ہم۔ اور عزیز، تم ادھر ہی سونا اپنی چچی کے پاس۔ حسن نے چلتے وقت عزیز کو تاکید کی

"عزیز کھٹکے اچھی طرح لگا لو میاں! چوکیدار کہہ رہا تھا کہ نیچے اتر کر جو مکئی کے کھیت ہیں وہاں روزانہ بہت سے بھالو مکئی کھانے آتے ہیں، وہ کہتا تھا یہ جو نالہ ہے نا ہوٹل کے صحن میں یہاں بھی اُس نے کئی بار بھالوؤں کو پانی پیتے دیکھا ہے۔" صفیہ خوف زدہ تھی۔

"آپ نے بھی کا ہے کی فکر کی، یہ اتنے سارے کارتوس کس کام آئیں گے"۔ عزیز نے کارتوسوں کی پیٹی اُٹھاتے ہوئے کہا۔

"بھئی اللہ اس کی ضرورت نہ ڈالے۔ میں نے آیۃ الکرسی پڑھ کر چاروں طرف دم کر دیا ہے"۔ صفیہ نے کہا۔

"یہ دَم کرنا تو بڑی بوڑھیوں کا کام ہے آپ نے یہ باتیں کہاں سے سیکھ لیں؟" عزیز ہنسنے لگا۔

"کیا تمھیں یاد نہیں آیۃ الکرسی؟ بھئی میں تو روزانہ اپنے اوپر دَم کر کے سوتی ہوں"۔ صفیہ نے کہا۔

"کتنی بھولی ہیں بچی دُلہن!" عزیز نے سوچا۔

آج لالٹین کو بھی گُل ہونا تھا۔ صفیہ نے لحاف میں سے مُنہ نکال کر دیکھا۔ کمرے میں گہری تاریکی تھی۔ بھالو ہی بھالو۔ تاریکی کی بڑی بڑی ڈھیریاں ..... چوکیدار کہہ رہا تھا نا؟ اُس نے جلدی سے اپنا مُنہ لحاف میں کر لیا۔ ایک ٹھنڈا کپکپاتا ہاتھ اُس کی طرف رینگنے لگا ...... رسان رسان، ٹھہر..... ٹھہر کر عزیز کا پلنگ اُس کے نزدیک آ گیا تھا؟ اُس نے لرزتا ہاتھ عزیز کے پلنگ پر رسان سے رکھ دیا جیسے ماں نرم نرم ہاتھ سے بچے کو دُرست کر دیتی ہے۔ اور پھر اُس نے کانوں سے شال بیٹی اور لالٹین روشن کر دی۔ ابھی تو کافی تیل تھا۔ اُس میں! اُس نے بتی کو کئی بار ہلا کر دیکھا۔

حُسن مائلِ جُرم

ٹنگ مرگ سے گل مرگ جانے کے لئے کچھ گھوڑے اور ایک ڈانڈی لے لی تھی۔ بھائی جان کی بھی یہی رائے تھی کہ میں ڈانڈی میں آرام سے بیٹھی رہوں۔ سلمہ تو بے حد چڑا رہی تھی مجھ کو گھوڑے پر گردن تانے بیٹھی تھی نا! اکڑ اکڑ کر کہہ رہی تھی۔

"آپا جی دیکھو! یوں چلتے ہیں شہ سوار!!" اور وہ مردوں کی طرح زور زور سے کھنکارنے لگتی ـــــ کتنی بری ہے یہ سلمہ کی بچی! مجھ سے مقابلہ کر رہی ہے چڑیل! ـــــ

تین مہینے تو ٹائیفائیڈ میں مبتلا رہی۔ اس قدر کمزور ہو گئی ہوں میں۔ اس نالائق کا کیا ہے۔ دن بھر بکری کی طرح کلا چلتا رہتا ہے۔ دہی بڑے۔ پکوڑیاں۔ پیسٹری۔ انڈے۔ مکھن گھاس پھونس

اور نہ جانے کیا کیا بھرتی رہتی ہے۔

بڑی اونچی چڑھائی تھی گل مرگ کی۔ ہم رمزو رستے میری ڈانڈی کے ہمراہ۔ چار آمنے سامنے اور تبادلے لئے نرائد۔ لیکن تھوڑی ہی دور چل کر وہ برف و بار کے پکھیرو لپسینہ میں شور بہ مشور ہو گئے۔

بائیں جانب حسن و جمال کا پیکر ڈانڈی کے بے ہنگم ڈنڈے کو دوش پر لئے ہانپ رہا تھا۔

اللہ! یہ ماہِ کامل فردوسی شاہزادہ، کسی البیلی دوشیزہ کے تخیل کا منتہائے رنگین! میرے دل نے قدرت کے اس بے جا تصرف پر کئی آنسو بہا دیئے۔ دراز سُنہری پلکوں کی گود میں اُس کی مدھ بھری آنکھیں تمازتِ آفتاب سے ہیر بہوٹی بن رہی تھیں۔ اے حُسن کی آخری معراج! میں چند منٹ کے لئے ساکت سی ہو گئی۔

"کیا نام ہے تمھارا؟" آخر میں نے پوچھ ہی لیا۔

"میرا نام شعبانہ ہے بیگم صاحب۔"

"کہاں رہتے ہو تم؟"

"نیچے گاؤں میں رہتے ہیں۔"

"کیا کرتے ہو؟"

"کھیتی باڑی۔ مگر اس میں کچھ پیسہ نہیں بچتا ہم کو، ہماری مزدوری

کے دن تو بس یہی چار جیتے ہیں۔"

"اس ساڑھے تین میل کی چڑھائی میں کیا مل جاتا ہے تم کو؟"

"بارہ بارہ آنہ ہر آدمی کو پڑتا ہے جناب، باقی پیسہ ڈانڈی کا مالک لے لیتا ہے ہاں آپ جیسا بڑا آدمی بخشش بھی دے دیتا ہے۔" وہ میرے چہرے کو حسرت سے تکنے لگا۔

"اور تم نے یہ کمبل کیوں اوڑھ رکھا ہے کیا سردی لگتی ہے تم کو؟"

"نہیں جناب سردی نہیں لگتا ہمارا قمیص ٹوٹ گیا ہے یہ دیکھیے!"

اور اس نے اپنے بھرے بھرے مرمریں بازو اور شفاف چھاتی کو کھول دیا۔ جس پر قمیص کی یادگار چند غلیظ دھجیاں لٹک رہی تھیں۔

اور گھنی پلکوں سے ٹپکتی ہوئی پسینہ کی بوندیں اس کے رخساروں کو تازہ گلاب کی طرح شبنم آلود کر رہی تھیں۔

"ٹھہر جاؤ اب ہم تھوڑی دور پیدل چلیں گے۔"

"آپ نہیں چل سکے گا بیگم صاحب بہت چڑھائی ہے۔"

"نہیں، ہم چل سکتے ہیں۔"

دوشِ جمال پر سے اپنا وزن [illegible] روح ہو رہا تھا۔

"اچھا جناب" اور ڈانڈی نیچے رکھ دی گئی۔

"تم کیوں اتر پڑیں فرخندہ؟" بھائی جان نے تھوڑا گھبرا کر پوچھا۔

"کچھ نہیں یوں ہی اب ذرا دیر پیدل بھی چلوں گی میں۔"

"اور ہم بھی اتر آئیں آپا بی۔" سلمہ نے اشتیاق سے کہا۔

"نہیں نہیں تم بیٹھی رہو۔" میں نے کہا۔

"اور تم جیسے بڑی پہلوان ہو۔ کیسے چل سکتی ہو یہاں۔" بھائی جان نے فرمایا۔

"تھوڑی آزمائش کر کے دیکھ رہی ہوں کہ کتنی دور چل سکوں گی۔"

"اچھا صاحب لو ہم بھی اتر سے جاتے ہیں۔"

اور وہ سب بھی اپنے اپنے گھوڑے سے اتر کر میرے ساتھ پیدل چلنے لگے۔

کتنے احمق ہیں یہ سب۔ بے وقوف کہیں کے، چلنے دو۔ میرا کیا ہے چلو کچھ دیر یہ بے چارے گھوڑے بھی آزاد ہو جائیں گے۔

ابھی تھوڑی ہی دور چلے تھے کہ میرا سانس اسٹیم انجن کی طرح تیز ہو گیا۔

بھائی جان نے کہا۔ "لو بی فرخندہ اب ڈانڈی میں بیٹھ جاؤ۔"

"میں تھکی نہیں ہوں بھائی جان۔"

میں نے اپنے سانس کو قابو میں کرتے ہوئے کہا۔ لیکن چند قدم کے بعد میری ٹانگوں نے بالکل ہی جواب دیدیا۔

"اچھا تو میں گھوڑے پر بیٹھ جاؤں بھائی جان۔" میں نے شکستہ آواز

میں پوچھا۔

"گھوڑے پر زیادہ تکان محسوس کرو گی تم۔ اسی لئے تو ڈانڈی لی تھی۔ کہ آرام سے چلو۔"

"ڈانڈی نے تو مجھے بہت تھکا رہا ہے۔ بھائی جان۔ اب گھوڑے پر ہی بیٹھوں گی۔"

"تمھاری مرضی۔"

"اور ڈانڈی میں کون جائے گا؟ چلو بی سلمہ تم ڈانڈی میں آ جاؤ۔"

بھائی جان نے کہا۔

اور جب ہم لوگ بیراڈائز ہوٹل پہنچے تو میرا جوڑ جوڑ دکھ رہا تھا۔

میں نے بھائی جان سے کہا کہ "ان بے چارے ڈانڈی والوں کو کچھ زیادہ بخشش دیدیجیے گا۔"

اور میں نے خود بھی اپنی جیب میں ہاتھ ڈالا ــــــ "او ہو!"

میرے منہ سے ایک دم نکلا۔

"کیا بات ہے آپا بی" سلمہ نے پوچھا۔

"میرا پرس ہ نہ معلوم کہاں رہ گیا۔"

"ڈانڈی میں ہوگا۔ چلئے دیکھیں۔"

اور جب ہم دونوں ڈانڈی کو دیکھ کر ناکام واپس ہوئے تو

سلمہ نے چیخ کر کہا۔

"چور! وہ دیکھو! اُس مزدور کے نیفہ سے تمہارے پرس کا فیتہ جھانک رہا ہے۔"

"ہائیں!" میں نے آنکھیں مل کر دیکھا۔

"بلاؤں بھائی جان کو؟" سلمہ نے طیش میں آکر پوچھا۔

"ارے نہیں وہ میرا بٹوہ نہیں ہے۔ لو بھئی اب یاد آیا۔ وہ تو میرے اٹیچی میں رکھا ہے۔ میں نے سلمہ سے چھپتے ہوئے کہا۔

کتنا خوش معلوم ہو رہا تھا وہ! درد بھری آنکھیں گھنی پلکوں کی مسرّت آگیں چھاؤں میں جھلمل کر رہی تھیں میرا دل زور زور سے دھڑکنے لگا۔

دَم خَم

"میں نے تجھ سے کئی بار کہی کہ چھورا چھوری کو بیچ پہ بیٹھا کے ردنی دبا کر پہ سنتی ہی نہ۔ جب دیکھو ٹوک (ٹکڑے) پہ ترکاری دھر کے دیدیتی ہے" اری بھلمانس یہ تو سوچ کہ یہ اِتا بڑا میل، دو بیلا کس کے کارن جھپٹا ہے۔ میج کُسیاں (کرسیاں) پہ گھرمس۔ (فرش) پھر دس کیا بیچ ہے جو نہ ہے۔ پر تری کھوپڑیا ہیں یاؤ نے گت نے کاٹ لیو ہے۔"

منگلو ایک شاندار مسہری پہ بیٹھا ناریل کا حقہ ہاتھ میں لئے بیوی کو نصیحتیں کر رہا تھا۔

"اجی کھاؤنا میج پہ۔ میں کیا منع کرتی ہوں۔"

منگلو کی بیوی نے اُپلے کو دونوں ہاتھوں سے بسکٹ کی طرح

توڑ کر چولھے میں رکھ دیا اور موٹے موٹے روٹ ڈالنے لگی۔

"اری دیکھو تو یہ چار رن ڈھور کیت رکھے گی ہ" منگلو نے بیوی سے صلاح لی "یا چوبارے ہیں ٹھاڑے گدّ دان مبروں کو" کھڑے کر دو ان سب کو) اُس نے ہال کی طرف اشارہ کرکے لاپروائی سے کہا۔

"اور یہ صوبھا کُستی (کرسی) کیت پھینکے جائیں گے" منگلو لا بولا۔

"صوبھا کُستی کی بھی ایک کہی۔ کل چھوری کی سگری بھوں پھٹ گئی تھی۔ اس صوبھا سے گر کے پچھواڑے ڈلوا دو اس کھڑاک کو" اور پھر اپنے ڈھورن سے جیادہ تھوڑی ہیں یہ!"

اُس نے چکنے چکنے ٹائلز پر چولھے کے انگارے گھسیٹ کر موٹی سی روٹی ڈال دی۔

"اچھا لا اب روٹی تو بھیج اور بچّن کو بھی پکارلے۔ برو بر کے کمرا میں بھیجیو روٹی۔ جہاں میج کُستی لگی بھئی ہیں" منگلو مسہری کے پاس چلم اوندھا کر میلی لنگوٹی سے ٹانگ ڈھانکتا کھڑا ہو گیا۔

"تم کھو دی او اج دے لو اندر ہی کُل بِلّی مچا رہے ہیں سگرے" اُس کی بیوی نے دوپٹہ میں ناک پونچھتے ہوئے کہا۔

"ابے چھوٹو! او بھجوا! آجاؤ برو بر کے کمرا میں، مشیراتی اور نصیبن کو سنگھ لے آؤ" منگلو نے چیخ کر کہا۔

"کا ہے؟" پھجرو نے ڈریسنگ روم کے قدِ آدم آئینے پر میلی سی بان سے تھوک کے تار بہاتے ہوئے کہا۔

"کا ہے کے بچے! روٹی کھاوے کو" منگلو نے جھنجھلا کر کہا۔

چاروں بچے کالی کالی ٹانگیں چیر کر جلدی جلدی میز پر چڑھ گئے۔

منگلو نے کونے میں پھنسی ہوئی پتلی سے گھورتے ہوئے للکارا۔

"ے کسبیوں! کرسیوں پر بیٹھو نا جناور کی اولادو!"

ننگ دھڑنگ بچے کود کود کے کرسیوں پر بیٹھ گئے اور منگلو کی بیوی نے ساگ کی تھالی اور روٹیوں کی ٹوکری دھم سے میز پر رکھ دی۔

"کوئی چمچ دچمچ نہ ہے؟" منگلو نے بھینگی آنکھ کونے میں ٹیڑھ کر کہا۔

"دھرو ہے چمچ!" وہ بڑبڑاتی ہوئی باہر نکل گئی۔

"آ تو بھی کھالے پھجرو کی ماں اور سگری کو بلاتی لا۔" منگلو نے صلح آمیز لہجہ میں بیوی کو مناتے ہوئے کہا۔

"نہ! نہ، میں نہ کھاؤں" وہ برآمدہ میں سے چیخ کر بولی۔

"اچھا سگری کو بھیج دے۔" منگلو نے ہار کر کہا۔

"بلا لو کھود۔" وہ پھر جھنجلائی۔

"سگری او سگری آ روٹی کھالے۔" منگلو نے ہنس کر آواز دی۔

"تم کھالو بھیا میں پھر کھالوں گی" صغریٰ نے تھپا ہوا اپلا برآمدے کے شفاف ستون پر تھوپتے ہوئے جواب دیا۔

"اری چھوڑ اُپلا تھا پوے گو۔ بنگرا دن پڑو سے پھر تھاپ لیجو"

منگلو نے کہا۔

"بھا بوئے بنگرہ کھا لوں گی بھیا تم کھاؤ" اُس نے شرماتے ہوئے کہا

"اچھا تو جان با" منگلو چپکا چپکا ہوگیا۔ اُس نے چٹکی چٹکی ساگ رکھ کے ہر بچے کے آگے ایک ایک روٹی سرکا دی اور پاؤ روٹی کا نوالہ توڑ کے اپنے کلے میں بھرلیا۔

تڑاخ! چھوٹو کرسی سمیت پیچھے آن پڑا اور منگلو کی آڑی ترچھی آنکھیں باہر نکلنے لگیں۔

اُس نے چھوٹو کو اُٹھاتے ہوئے چلو کے اشارے سے پانی مانگا اور جب لوٹے سے منہ لگا کر اُس نے لمبے لمبے گھونٹ اُتارے تو تل کے سر کے برابر موٹا سا نوالہ غڑپ سے نیچے سرک گیا۔ اُس کی بیوی چیختی ہوئی اندر آگئی۔ اُس نے ہاتھ مٹکا مٹکا کر کہا۔

"مل گئی سجا (سزا) اس میچ گستی پر کھاوے کی۔ بھلا اوپر روٹی نیچو تم۔ نوالو کیسے نہ اٹکتو اور اس چھوڑا کا موڑا (سر)"

وہ چھوٹو کی منڈی ہوئی کھوپڑی کو دباتے ہوئے بولی۔

منگلو اپنا دُکھتا ہوا گلا سہلا سہلا کر بیوی کو قاتل سا ہو کر دیکھ رہا تھا۔ جیسے وہ کہہ رہا ہو۔

"ہاں بھگوان تو عقل وند اور میں مہا گدھا"

گلے کی دُکھن کی وجہ سے منگلو سے کھانا بھی نہیں کھایا گیا اور وہ مسہری چھوڑ کر سارا دن برآمدہ میں ٹاٹ کی ایک بوری پر آنکھیں بند کئے چُپ چاپ لیٹا رہا۔ اس کی بہن برابر بیٹھی اُپلے تھاپتی رہی۔ تھپا تھپ تھپ۔ آج تو اسے اپنا چوپارہ بہت ہی یاد آ رہا تھا۔ گو برسے لپی پوتی دیواروں سے کیسی نرم نرم ٹھنڈک نکلتی تھی۔ پھونس کے چھپّر کے نیچے وہ ٹانگیں پھیلا کر گھنٹوں ہی سوتا رہتا تھا۔ اور چکّی کی گڑگڑاہٹ میں جب اُس کی بیوی باریک آوازمیں گاتی تو وہ نیند سے بے حال ہو جاتا تھا۔

دوسرے دن صبح جب اُس کا دوست غفار آیا تو اُس نے چُپکے سے اُس کے کان میں کہا۔

"بھیّا میرا تو دل بھر گیا ہے اس بنگلا سے، اسپٹر (انسپکٹر) صاحب سے کہیو کہ ڈھائی سو ہی دے کر کبجہ (قبضہ) لے لیں"۔

"ارجی رُپیا تو میں ابھی لایا۔ بس تمھاری رجامندی کی دیر تھی۔ اسپٹر صاحب تو بڑے دیالو آدمی ہیں"۔

اور کچھ دیر کے بعد منگلو نوٹ گن گن کر جیب میں بھر رہا تھا۔

"دو دن (دکانوں) کے روپیا تو مل ہی گئے۔ کچھ دور دن میں تو ٹھکتی آمدنی ہو جائے گی۔ کیوں بھیا گیہار"؟ اس نے نوٹ کی آخری گڈی گنتے ہوئے غفار سے کہا۔

"ڈال دو ہتھکڑی!" ایک کرخت آواز آئی۔

دو سپاہیوں نے ہنستے ہوئے منگلو کے دونوں ہاتھوں میں ہتھکڑیاں پہنا دیں۔

اُس نے آنکھیں پھاڑ پھاڑ کر اپنے دوست غفار کو آواز دی۔ نہ جانے کون نگل گیا تھا اُس کے دوست کو زمین یا آسمان!

"ارے پولیس والوں سے بگڑے۔ یہ دم خم ہیں تیرے!"

کانسٹبل بولا۔

منگلو نے تھرتھراتے ہاتھوں سے جیب خالی کر دی تھی۔ خون کی گرم گرم بوندیں اس کی پیشانی سے ٹپاٹپ گر رہی تھیں بہت دور تک وہ مڑ مڑ کر اپنے بال بچوں کو دیکھتا رہا۔ اُس کی بیوی بیان کر کے ایسی رو رہی تھی جیسے ابھی بیوہ ہوئی ہو۔

ڈل کی چھاتی پر

ماہتاب کی شعاعوں میں ہمارا ڈونگہ ڈل کی چھاتی پر رینگ رہا تھا۔ عجیب سے انسان ہیں یہ بخاری، میں نے سوچا آخر بے موقع بے موقع سیاسیات پر کیوں اُلجھ جاتے ہیں ہر ایک سے ۔ بے چارے چچا حسن! مجھے ترس آنے لگا اُن پر۔ میں کہتی ہوں آخر کوئی تُک بھی ہے اس بے موقع راگنی کا۔ اوٹ پٹانگ ۔ غلط سلط بس بلبلانے سے کام۔ اس ننھی سی کھوپڑی پر تو یہ حال ہے اور اگر...... خربوزے کے برابر ہوتی تو!

میرا دل چاہا کہ چچا حسن سے کہہ دوں مجھے آپ کے ان دوست سے بغض ہے.... جی ہاں بغض للّٰہی۔

"بیٹی عذرا! سیر کر رہی ہو بیٹی؟"

چچا حسن نے ڈبڈب کرتے ہوئے چاند کی طرف کیا. جو ڈل کے شفاف پانی میں بار بار نہار رہا تھا۔

"جی..... ہاں چچا حسن!"

میں نے بخاری کی طرف. بھناکر دیکھا، میرا دل چاہا کہ آج چچا حسن کے اس بے ڈھب دوست کو زور سے پانی میں دھکیل دوں..... ڈل کا ستھرا پانی... کالا لمبا بے تکا سا انسان! مجھے جلدی جلدی کئی پھریریاں آگئیں۔

"کہاں جا رہی ہو بی بی؟"

چچی جان میری کھسیاتی شکل دیکھ کر مسکرادیں..... وہ خود بھی تو عاجز آچکی تھیں. بخاری سے۔

"کہیں نہیں.... ذرا کچن میں..... چائے بنوادوں ـــ، پیئیں گی نا آپ؟" میرا دم اُلجھ رہا تھا۔

"ہاں ہاں ضرور پیئیں گے صاحب"۔

بخاری نے لمبے لمبے کان کھڑے کر لئے۔ اور میں اُکتا کر کچن کی طرف چلی گئی۔

"کیا چاہیئے بی بی جی؟" راحتی کا نرم نرم چہرہ چاند کی کرنوں

میں بہت ہی پیارا لگ رہا تھا۔

"کچھ نہیں .... ذرا چاہئے۔ لیکن جلدی نہیں ہے۔ آؤ باتیں کریں"۔ میں اُس کے قریب بیٹھ گئی۔

"باتیں .....؟" وہ ہنس دی۔

"ہاں، ہاں۔ اور یہ ڈونگہ تو تمہارا ہی ہے نا؟" میں نے پوچھا۔

"جی ہاں"۔ اس نے گردن ہلا دی۔

"اور کون رہتا ہے تمہارے ساتھ؟" میں نے پوچھا۔

"میرا باپ"۔ اُس نے مغموم سے لہجے میں کہا۔

"شادی وادی کب ہوگی .... تمہاری"۔ میں نے بھی کیسا بے تُکا سوال کر دیا۔ میں دماغی خلجان میں مُبتلا تھی۔

"شادی .....؟" وہ بالکل نہیں شرمائی۔ اس نے ٹھنڈا سانس کھینچ کر کہا۔

"گئے سال — میں دُلھن بنی تھی۔ وہ ہماری برادری کا ایک چھوکرا تھا — ہم ماجھی ہیں نا؟ — وہ بھی ماجھی تھا بی بی جی! بڑی بڑی آنکھوں کا۔ چوڑی چھاتی کا ماجھی! وہ اپنے دوستوں سے للکار کر کہتا تھا راحتی میری ہے! سُنا تم نے! اچھی طرح کان کھول کر سُن لو! ...... اگر تم میں سے کسی نے اُس کی طرف نگاہ

اُٹھائی۔۔۔۔"تو جانتے ہو تم" وہ گورے گورے گھٹیلے بازو کھول کر تن جاتا ـــــ اور میں مسکرا دیتی۔

اور جب میں دو پہریا میں چنار باغ میں بیٹھ کر دھان کوٹتی، تو وہ ناؤ میں بیٹھ کر اس زور سے چپو مارتا کہ دُور دُور تک پانی کی چھینٹیں اُڑنے لگتیں، بیٹھے بیٹھے۔۔۔۔ لیٹے لیٹے۔۔۔۔ رسان رسان، دھائیں دھائیں۔۔۔۔۔ جیسے پوری بارات گیت گا رہی ہو اور ـــــ

ایک دن تو اس نے مجھے ڈرا ہی دیا بی بی جی! ٹوٹے سے تختے پر دم سادھے دھارے پر بہہ رہا تھا جیسے کوئی مردہ ہوتا ہے نا؟ میری چیخ نکل گئی اور میں موسلی پھینک کر کنارے اس کے ساتھ بھاگی چلی گئی۔ بھاگی چلی گئی۔۔۔۔۔۔۔ وہ پلٹا کھا کر دریا میں گر گیا ـــــ

اللہ۔ یہ کیا ہو گیا اس کو؟ میرا دل دھڑ دھڑ کر رہا تھا۔

"بس ـــــ اتنا سا دل؟" وہ غوطہ مار کر کنارے پر آ گیا تھا۔

"آؤ ایک غوطہ میرے ساتھ بھی ـــــ!"

اُس نے مسکراتے ہوئے ہاتھ پھیلا دیا میں شرما کر بھاگنے لگی۔ گرتی پڑتی۔ نہ جانے اس دن ٹانگوں کو کیا ہو گیا تھا۔ سُن ہو گئی تھیں سُن!"

اس نے اپنی مٹھیاں حقارت سے گھٹنوں پر ماریں۔

"پھر تم دلھن کب بنی تھیں راحتی؟" میں نے پوچھا۔

"وہ بڑا بہادر تھا بی بی جی!" اس نے میرے سوال کا کوئی جواب نہ دیا۔

"اتنا بہادر.... اتنا بہادر کئی بار تو وہ اچھے اچھے کھاتے پیتوں سے لڑ بیٹھا اور ایک بار جب مہاراج شالا مار کی سیر کرنے کو آئے تو بہت سے مزدوروں نے بخشش کے لئے گھیرا ڈال لیا اور جب تحصیلدار صاحب نے مہاراج کو خوش کرنے کے لئے مزدوروں کو سٹراک سٹراک کوڑے اڑائے تو کئی ایک کی قمیصیں چیتھڑا ہو کر دُور دُور اُڑنے لگیں اور دو تین کے مُنہ سے خون کی گرم گرم دھاریں بہہ گئیں۔ اس نے دُور ہی سے سب کچھ دیکھا۔ وہ شیر کی طرح بپھر گیا اور کوڑا چھین کر شائیں شائیں بھنبیری بن گیا اُس وقت!

دُور دُور تک ساری گارد بھاگ اُٹھی تھی ——— اور تحصیلدار صاحب کا زرد رنگ کا مُنڈا سر چھیر چھیر ہو گیا۔ جیسے زعفران کا کھیت روندن میں آجاتا ہے نا؟"

"پھر کیا ہوا؟" میں نے گھبرا کر پوچھا۔

"پھر ——؟ اس کو جیل ہو گئی —— تین سال کی لمبی جیل!"

راحتی کی پلکوں پر دو موتی لرزنے لگے۔

"کیا وہ ابھی تک جیل میں ہے؟" میں نے پوچھا۔

"ہاں"

اس نے ایک ٹھنڈا سانس ایک لمبا سانس کھینچا۔

"وہ تین سال گذار کر آگیا تھا بی بی جی"۔ برادری والوں نے میرے باپ سے کہا۔ تو اپنی لڑکی کو کنوئیں میں مت دھکیل! ایسے نٹ کھٹ کو لڑکی دے کر ساری عمر روئے گا"

مگر میرا باپ اس سے بہت محبت کرتا تھا۔ وہ اس کو اپنے بیٹے سے زیادہ چاہتا تھا۔ جب وہ جیل میں تھا۔ تو باپ نے کئی بار کوشش کی کہ وہ اپنے داماد سے مل لے مگر اس کو ہر بار دھتکار کر نکال دیا گیا۔ ایک دن تو وہ بہت اُداس رہا۔ دن بھر مُنہ اوندھائے پڑا رہا۔ گئے سال۔ جب میں دلھن بنی تو باپ ایسا خوش تھا جیسے اس کو بہت بڑی دولت مل گئی ہو۔ وہ بار بار اپنے داماد کا مُنہ چوم رہا تھا۔ اس دن ساری رات برادری کی عورتوں نے لہک لہک کر میٹھے میٹھے بول گائے اور جب صبح میں وداع ہونے لگی تو ——

دس بارہ سپاہیوں نے ہمارے ڈونگہ کو گھیر لیا۔

"بے گار ہیں! چلنا ہوگا تم سب کو!"

انھوں نے گرج کر کہا۔

"بھائی میری چھوکری کی شادی ہے!"

میرا باپ ہاتھ جوڑ کر گھگھیا رہا تھا۔

"ہم نہیں جانتے شادی وادی کو!"

تحصیلدار صاحب کا حکم ہے! دیوان صاحب کا حکم ہے! مہاراج کا حکم ہے!!"

سپاہی میرے باپ اور دونوں بھائیوں کو گھسیٹ رہے تھے۔

"ہٹ جاؤ دُور! نہیں جائیں گے یہ لوگ! کہہ دو مہاراج سے"۔

اس نے للکار کر کہا۔ سُرخ سُرخ جھم جھماتی پگڑی میں کتنا پیارا لگ رہا تھا وہ ــــــ! ۔میرے باپ نے زور سے اپنی چھاتی پیٹ لی۔

"گرفتار کر لو نمک حرام کو۔ غدّار ہے یہ! ۔بھول گیا تین سال کی جیل!"

ایک پولیس والے نے کہا۔

ہمارے ڈونگہ میں کہرام مچ گیا بی بی جی! کان پڑی آواز بھی نہیں سُنائی دیتی تھی۔ نہ جانے مجھ کو کیا ہو گیا تھا ــــ میں گھبرا کر باہر آگئی۔

"اُس کے دونوں ہاتھوں میں ہتکھڑی پڑی تھی۔

اُس نے جاتے جاتے مجھے بڑے ہراس سے دیکھا....

اس کے پھڑپھڑائے ہوئے ہونٹ رساں رساں ہل رہے تھے جیسے کہہ رہے ہوں ۔

"آؤ ایک غوطہ اور"۔

اُس دن تو وہ سب دن سے زیادہ اچھا لگ رہا تھا، اِس چاند سے بھی زیادہ ۔

اس ڈل سے بھی زیادہ۔

اس ڈونگہ سے بھی زیادہ ۔

تم سے بھی زیادہ ۔

مجھ سے بھی زیادہ۔

اور —— اور"۔

اس نے آنکھیں بند کرلیں ۔

"راحتی"۔ نہ جانے میں نے کیوں اس کو آہستہ سے پکارا

! - ——

وہ خاموش تھی ڈل کی طرح خاموش ! ۔

اس کی چھلکتی ہوئی آنکھوں میں چاند ڈوب ڈوب کر تیر رہا تھا۔

اور کچھ نقرئی مچھلیاں ڈل کی شفاف چھاتی پر دوہری ہو کر قلابازیاں کھا رہی تھیں۔

"ارے میاں وہ چائے ہے یا پائے ؟"

بخاری کی بھونڈی سی آواز سُنائی دی۔

"بیٹی عذرا کہاں ہو تم؟" چچا حسن نے تشویش کے لہجے میں پکارا۔

"آ رہی ہوں چچا جان! ذرا چائے......!"

"بن گئی بی بی جی!"

راحتی نے کیتلی کا ڈھکنا کھولتے ہوئے کہا۔ کالے کالے دھوئیں کے کئی بھبکے نکل کر رہ گئے۔

"چچی جان۔ ننھی سی سروتی سے چھالیہ کے گول گول دانے کتر رہی تھیں اور چچا حسن نے اپنی نیم وا آنکھیں چاند کے بھرواں چہرے پر گاڑ دی تھیں۔

"ارے میاں چاند ہے یا کوئی بہی کھاتے کی کتاب! اُٹھاؤ پیالی!"

بخاری نے چچا حسن کو دیکھتے ہوئے دو لمبے لمبے گھونٹوں میں پیالی خالی کر دی تھی۔

ماہتاب کی شعاعوں میں ہمارا ڈونگہ رینگ رہا تھا۔ شالامار کی طرف عہد مغلیہ کی یادگار کی طرف۔

میرا دل چاہا آج خوب دل بھر کر روؤں۔

اللہ اکبر

"اللہ اکبر! اللہ اکبر!"

آج مدتوں کے بعد فجر کی اذان سن رہا تھا میں!

آخر کیوں نہیں ہے بھی تو اپنی سرزمین۔ اسی کی خاطر تو زن کو لہو پلوایا تھا ہم نے۔

میں آنکھیں ملتا ہوا جلدی جلدی مسجد کی طرف لپکا جو اسٹیشن کے نزدیک تھی۔

"امام صاحب!"

میں نے آواز دی۔

وہ لحاف میں دبکے ہوئے اذان دے رہے تھے!!

"جی ۔جی"۔

وہ دانت نکال کر تہمد درست کرتے ہوئے کھڑے ہو گئے۔

"اجی حضرت یہ کون سا طریقہ ہے اذان دینے کا؟"

میں نے گھورتے ہوئے کہا۔

"بُرا نہ مانئے حضت ۔آپ کی قسم۔ہی ہی، آپ کی جان کی قسم مجھے زرا یہی عادت ہوگئی ہے کہ سوتے سوتے اذان دینے لگتا ہوں۔ ورنہ اذان دئے ہوئے تو پورا ایک گھنٹہ ہوگیا"۔

انھوں نے مُنہ پھاڑ کر لمبی سی جمائی لی۔

"تو پھر جماعت کب کھڑی ہورہی ہے؟"

میں نے جھنجھوڑتے ہوئے کہا۔

"اجی ابھی دو منٹ میں!"

وہ ڈاڑھی کے پھولے پھالے بالوں کو دونوں ہاتھوں سے سونتتے ہوئے بولے۔

"لیکن کوئی بھی تو نہیں ہے یہاں!"

میں نے دروازہ تک نگاہ دوڑائی۔

"ہم اور آپ......"

انھوں نے منڈاسہ سر پر رکھ کر جلدی سے نیت باندھ لی۔

گاڑی کا وقت قریب تھا۔ لیکن پھر بھی میں نے شکرانہ کے دو نفل ادا کر لیے۔

(۳)

"اے شیروانی والا! کیا اندھا ہے تم۔"

ایک مسافر نے بڑیوں کی پوٹلی پر ہاتھ رکھ کر مجھے ڈانٹا۔

"ذرا اس پوٹلی کو پرے سرکا لیجئے صاحب، بڑی مہربانی ہوگی۔"

میں نے کھچا کھچ بھرے ہوئے ڈبہ پر نگاہ دوڑا کر اُن صاحب کی خوشامد کی۔

"نہیں ہٹائے گا ہم، دور ہٹو دُور!"

وہ صاحب اور اکڑ گئے۔

"اپنے مُلک سے کیوں چلا آرہا ہے نمک حرام۔"

ایک بڑھیا نے مجھے کھا جانے والی نگاہوں سے دیکھا۔

"غدار ہے غدار مت دو جگہ۔"

ایک گول گول آنکھوں والے معمر شخص نے مجھے اس طرح دیکھا جیسے میں اس کا سب کچھ چھین لوں گا۔

"ہاں مت دو جگہ۔"

میں مایوس ہو کر دروازہ سے چپک گیا۔

(۳)

پلیٹ فارم پر غضب کی بھیڑ تھی۔ بچی کچی بوڑھی عورتیں ضعیف مرد اور بلبلاتے ہوئے سخت جان بچے! نہ جانے کیسی، چھچھڑی سی جان تھی اُن کی!

قریب ہی ایک پٹھان ایک کشمیری دوشیزہ کے پاس مونچھوں پر تاؤ دیئے کھڑا تھا اور ایک منحنی سے بابو صاحب پوچھ رہے تھے۔

"خان تم کیا کرے گا اِس کا؟"

"ہم تو کچھ نہیں کرے گا اِس کا" خان نے لاپروائی سے کہا۔

"پھر بیچ دو اِس کو۔ بولو کتنے پیسے لے گا تم؟" بابو صاحب نے رُک رُک کر کہا۔

"نہیں ہرگز نہیں! جانتا ہے تم! کتنی مصیبت سے لایا ہے ہم اس کافر کی اولاد کو، ہماری بھی تو ہزاروں عورتیں لے گئے۔ وہ خنزیر کے بچے۔ اب ہم اس کی شادی اپنے بڑے بیٹے سے کرے گا۔ بڑا کڑیل جوان ہے وہ ....!"

خان کی سرخ سرخ آنکھوں میں انتقام تھا۔

"لیکن یہ تو اپنے کو بی لے پاس بتاتی ہے۔ خان! پھر تمہارے بیٹے کا گھر کیسے کرے گی۔"

بابو صاحب پھسلا رہے تھے۔

"اور ہمارا بیٹا بھی بہت پڑھا ہوا ہے جناب! خدا کی قسم قرآن پڑھا ہوا ہے قرآن!"

خان تیکھا ہو گیا تھا۔

(۴)

میں اپنے ملک کے سب سے بڑے اور پُر رونق شہر میں پہنچ گیا تھا

"کیا ہوٹل کی تلاش ہے آپ کو؟" ایک صاحب نے مجھ سے پوچھا

"جی ہاں، ہے کوئی ڈھنگ کا ہوٹل؟"

میں نے بازار کی گہما گہمی کو دیکھتے ہوئے پوچھا۔

"بہت اچھا ہے صاحب یہ دیکھئے" اس نے ایک عالی شان بلڈنگ کی طرف اشارہ کرتے ہوئے کہا۔

"اجی بالکل شہر کے مرکز میں! اور یہاں بال روم بھی ہے صاحب بڑا نفیس، دل خوش ہو جائے گا آپ کا!"

"اچھا.....؟"

میں جلدی جلدی سیڑھیوں پر چڑھنے لگا۔

"دیکھئے یہ کمرہ پسند ہے آپ کو؟" اُس نے ایک کمرہ کے پاس کھڑے ہو کر مجھ سے پوچھا۔

"ہاں ہاں ٹھیک ہے"۔ میں نے جلدی سے کہہ دیا۔

"پہلے دیکھ تو لیجیے آپ" وہ مجھے حیرت سے دیکھ رہا تھا۔

"ہاں دیکھ لیا"۔ میں نے ہینڈ بیگ میز پر رکھ کر کھولتے ہوئے کہا۔

"اور دیکھیے آپ کے دائیں طرف جو کمرہ ہے یہاں ایک بہت بڑے مولانا ٹھیرے ہوئے ہیں۔ بڑی دھواں دھار تقریریں کرتے ہیں صاحب! بڑی رقت ہے اُن کی آواز میں۔ کل بھی تو برابر کے پارک میں تقریر تھی اُن کی۔

"کس موضوع پر؟" میں نے پوچھا۔

"اجی وہی چھینی ہوئی عورتوں کے متعلق۔ بہت سے نوجوانوں کو مُدھ کر دیا ہے اُنھوں نے۔ کیا آپ بھی ملیں گے اُن سے؟"

"کیوں نہیں ضرور!"

میں نے اشتیاق ظاہر کر دیا۔

"آپ غسل کریں گے صاحب؟"

ایک ملازم نے اندر آکر مجھ سے پوچھا۔

"نہیں۔ چائے۔ ہاں چائے لاؤ" میں نے کہا۔

"بہت اچھا صاحب!" وہ باہر چلا گیا۔

بڑی گہما گہمی ہے اس بازار میں۔ میں نے کھڑکی کے پاس کرسی ڈال لی تھی۔ کئی جوڑے بغل میں ہاتھ دیائے تیز تیز قدموں سے آگے

بڑھ رہے تھے۔

"کوئی چھین نہ لے۔ ذرا داب کے!"

ایک بے فکرے نے اپنے ساتھی کا ڈنڑ دبا کر آواز لگائی۔

"یہ غرارے والی! دیکھا تُو نے؟"

"اور وہ شلوار! نرم نرم کینچلی جیسی۔"

"کیوں بھئی چوٹیاں کہاں گئیں اِن کی؟"

پہلے شخص نے حیرت سے کہا۔

"لے گئے صاحب لوگ!" دُوسرے نے کہا۔

"اور یہ وہ برقعہ بھی تو دیکھ جیسے چاند چمک رہا ہو۔"

"سچ کہتا ہے یار، غضب کا پینٹ کیا ہے اس عورت نے۔ ہو گی تو کوئی چالیس ایک کی۔ پر ہے کیسی البیلی۔"

"گُغد ہے تو!۔ بھلا چالیس کی عمر میں یہ کھچاؤ؟"

وہ دونوں ایک نوجوان لڑکی کا پیچھا کرتے ہوئے سامنے کی گلی میں مُڑ گئے۔

(۵)

"کھانا تو اچھا ہوتا ہے اس ہوٹل میں!"

میں تیتر کی کرکری ٹانگ چبا رہا تھا۔

"کچھ اور چاہیئے صاحب!"۔ لڑکا ہاتھ باندھے کھڑا تھا۔

"کچھ ...... اور"۔ میں سوچنے لگا۔

"جی! ہر قسم کی ملتی ہے ہمارے ہاں"۔

"کیا۔؟" میں نے اس کو غور سے دیکھتے ہوئے پوچھا۔

"گورنمنٹ نے پابندی لگا دی ہے جناب۔ لیکن ہمارے ہاں پُرانی سے پُرانی۔ اعلیٰ سے اعلیٰ ہر قسم کی مل جاتی ہے۔" اُس نے جگ سے پانی ڈال کر میرے آگے بڑھا دیا۔

"اچھا! تو پھر کیسے دستیاب ہوتی ہے وہ!" میں نے تعجب سے پوچھا۔

"کچھ لے دے کر۔ بلیک مارکیٹ سے۔ بڑے اونچے پر بھاؤ پڑتی ہے صاحب۔ پر کیا کیا جائے۔ مہمانوں کی خاطر۔ فرمایئے کون سی پسند ہے آپ کو؟" وہ مجھے تک رہا تھا۔

"لیکن مجھے تو کوئی سی بھی نہیں چاہیئے"۔

میں سگریٹ جلا کر بستر پر لیٹ گیا۔

(۶)

"صاحب ڈانس شروع ہو گیا ہے آج ہفتہ ہے۔ گولڈن نائٹ! آج کی رات تو سارے ہوٹلوں سے زیادہ رونق ہوتی ہے یہاں! کیا آپ؟"

ایک دُبلا پتلا سفید پوش ملازم مجھے للچا رہا تھا۔

"ہاں آں . . . . . خیر!"

میں کپڑے بدل کر بال روم کی طرف بڑھ گیا۔

اندر ہال میں پیانو کی مست خیز آواز گونج رہی تھی۔ رنگ برنگی روشنیوں کے عکس میں بھرائی ہوئی جوانیاں پھسلتے ہوئے قدم! جیسے مرغابیوں کے بہت سے جوڑے ساتھ ساتھ تیرتے ہیں؟۔

میں برآمدہ میں ایک میز کے پاس بیٹھ گیا، ہلکی ہلکی خوشبوؤں سے ساری فضا مہک رہی تھی۔ اگر ایسے موقع پر کوئی گھٹیا سا آدمی حنا اور عنبر کی شیشیاں کھول دے تو کتنا ناگوار معلوم ہو۔ میں نے اپنا سر کرسی پر ڈال دیا۔

"کیوں چلا آیا دوست! ناچ نا اِس لڑکی کے ساتھ۔"

برابر کی میز پر دو نوجوان باتیں کرنے لگے۔

"نہیں یار! تُو تو اِنسلٹ کر کے چھوڑے گا میری" دوسرے نے کہا۔

"ڈانس میں کم نہیں ہے تُو کسی سے یہ دعویٰ ہے میرا!"

پہلے شخص نے ہمّت دلائی۔

"لیکن وہ تو غضب کا ناچتی ہے! کئی امریکنوں کو بھی اس نے ڈانٹ دیا تھا ناچتے ناچتے" وہ ہمّت ہار رہا تھا۔

"قسم ہے خدائے پاک کی اگر مجھے تھوڑا سا بھی ڈانس آتا تو

ہیں، پھر بھی جاتا اِس سے"۔ پہلے شخص نے کہا۔

"آخر کیوں مرا جارہا ہے تو اُس کے لئے" دوسرے نے سر کھجاتے ہوئے کہا۔

"تو نہیں جانتا دوست! وہ میری ہم وطن ہے میرے اپنے ہی شہر کے ایک ممتاز خاندان کی لڑکی! وطن کی محبت بھی بڑی چیز ہوتی ہے یار!"

اس نے سرد آہ بھری۔

"کیا تو جانتا ہے اِس کو؟" وہ حیرت سے اپنے دوست کو دیکھنے لگا۔

"ہاں!...... بڑے امام صاحب کی سب سے چھوٹی بیٹی!۔ بڑے جیّد عالم تھے وہ ...... بڑے بڑے انگریز کانپتے تھے اُن سے!

سفید ڈاڑھی، میدہ شہاب کلسے چغہ میں پھوٹا پڑتا تھا اُن کا رنگ! غضب کا وقار تھا اُن پر۔ جب ہی تو سارے ہال میں ایک ہی ہے!

"وہ دیکھ اب وہ دوسرا شخص بڑھ رہا ہے اُس کی طرف وہ کالا..... موٹا سا!"

اُس نے اشارہ کیا۔

غرارے میں لہراتی ہوئی کمرا ایک کرسچین کے ہاتھ میں آگئی تھی!

..... کالے ستون سے چپکی ہوئی چھپکلی ...... مجھے

جلدی جلدی کئی پھریریاں آگئیں ......

(۷)

"صاحب خدمت کے لئے حاضر کردوں کسی کو؟"

ایک دلاّل قسم کے ملازم نے مجھے ٹوکا۔

"یعنی .....؟" میں نے اس کو سر سے پاؤں تک دیکھتے ہوئے پوچھا۔

"حضور وہ مصیبت زدہ تو ہیں لیکن شریف! آپ ہی کے ملک سے آئی ہوئی بازیافتہ اور مہاجر! بڑے اونچے اونچے گھرانوں کی ہیں صاحب! ـــــ اور اس وقت تو یہ ان کی امداد ہی ہوگی۔"

"امداد؟ ......" میرے جسم میں کپکپی سی لگ گئی۔

"جی! اور ان کا انتظام بھی بڑی احتیاط سے کیا جاتا ہے۔ بڑے بڑے افسروں کا منہ کیل کر ...... آپ نے سُنا ہوگا کہ ہماری حکومت نے طوائفوں پر بھی سخت پابندی لگادی ہے اسی لئے ......!"

"یہ تو اچھا ہی کیا حکومت نے لیکن ......" میری آنکھوں

میں استفسار تھا۔

"کیا اچھا کیا حضور! ہم سے پوچھئے، اجی شریفوں کے محلے میں بس گئی ہیں۔ وہ سب گھروالیاں بن کر اور یوں بھی آجکل کونسا شریف کا بچہ پہچان سکے گا اُن کو"۔

(۸)

"ہاں کون پہچان سکے گا اُن کو ..." میں پلنگ پر لیٹا کروٹیں بدل رہا تھا۔

"مولانا صاحب بازیافتہ عورتوں میں وہ لڑکی تو غضب کی حسین ہے" برابر کے کمرہ میں کوئی بول رہا ہے۔

"سچ کہتے ہو عزیز من میں نے بھی جب سے اس کو دیکھا ہے بڑا متاثر ہو رہا ہوں"۔

"پھر کیا خیال ہے آپ کا؟" پہلی آواز آئی۔

"کس بارے میں" دوسری بھاری آواز آئی۔

"میرے خیال میں تو گھر بسا لیجئے آپ مولانا صاحب!"

"کیا مطلب ہے تمہارا؟" مولانا چونک رہے تھے۔

"جناب اُس لڑکی سے نکاح کر لیجئے آپ۔ بڑی بھاری پوزیشن ہو جائے گی۔ لوگ پوجنے لگیں گے آپ کو! اور پرسوں بھی آپ کی تقریر

پر ہزاروں ہی نوجوان سدھ ہو گئے۔"

"لیکن عزیزمن ایسی کچی گولیاں نہیں کھیلا ہوں میں!" مولانا کی باوقار آواز تھی۔

"مگر مولانا صاحب وہ تو سب سے زیادہ حسین ہے سوسائٹی میں امتیاز حاصل ہو جائے گا آپ کو۔"

"کیا بتاؤں؟ (رُک کر) بھئی طبیعت راغب نہیں ہوتی اپنی کچھ کچھ کراہت سی ...... ہاں ویسے کسی دن ضرور لے آنا اُس کو! شاید کوئی امداد کرسکوں۔ لیکن نو بجے کے بعد۔"

مولانا کھنکار رہے تھے۔

آج نیند کیوں نہیں آرہی ہے آخر! میں نے جھٹکے سے دوسری کروٹ بدلی...... کچھ کالے سائے باہر رینگ رہے تھے اور وہ دلاّل قسم کا آدمی سرگوشی میں کچھ باتیں کر رہا تھا۔

"یہ دوزخ تو سب کے ساتھ لگا دی ہے اُس نے۔"

میں نے پسمیگ کی دو ٹکیاں بیگ سے نکال کر نگل لیں۔

آج کی تیتر واقعی بڑے لذیذ تھے ...... میرے پپوٹے رسان رسان بھاری ہونے لگے۔

مرد بچہ

اجی وان تو چاروں اوڑ[51] سے گھبریلو تھا ہماری بستی کو۔ تین دِنا[52] سے سب ہی تو بھوکے بیٹھے تھے چھورا چھوری مرد لگائی۔

بہتیرا ردکا پر ڈوکری[53] کو نہ جانے کیا سوجھی کہ چھاج بھرا ناج لے کے تبر تبر کی۔ جھونپڑیا میں پسین[54] کو چلی گئی کوئی دس مِنٹ[55] بھی نہ ہوئے ہوں گے کہ ٹھائین دینی سے اواج[56] آئی۔ میں نے دروجہ[57] کی دراڑ[58] میں سے دیکھا ڈوکری جمین[59] پہ لوٹ رئی تھی اور۔ سوپ بھرا ناج بکھرا پڑا تھا۔

"اری دیکھا تو نے؟ میں نے چھورا کی چاچی کو اواج دی وہ لپک کر آئی۔

---

[51] چاروں طرف۔ [52] دن۔ [53] بڑھیا۔ [54] پسینے۔ [55] منٹ۔ [56] آواز۔ [57] دروازہ۔ [58] جھری۔ [59] زمین۔

"ہائے رے مار ڈالو ماں کو ارے اُٹھا لاؤ وا کو"۔

اُن نے میرا باجو جھنجوڑ ڈالا "پاگل ہو گئی ہے کیا مجھے بھی مروائے گی"۔

"پاگل تو تم ہو گئے ہو اُٹھا لو لپک کے کیا مری مٹی کو کتن[51] سے گھسٹواؤ گے!"

مینے کہی "ابے چُپ بھی ہو گی یا ناہیں دے ماروں گا یہ بھاٹا[52] تیری پندیا[53] میں"

وہ پھُر پھُر رونے لگی۔

سانجھ[54] بھے گئی تھی ہم پانچوں بھیتے چاروں لگائیاں[55] اور کورٹی[56] بھر چھورا چھوری دُبکے دُبکائے کوٹھریا میں بیٹھے تھے کہ بڑے جوروں کی اودھم دھاڑ شروع ہو گئی ایسا لوم ہو رہا تھا کہ ہجارن کی تیداد[57] بستی پہ پل[58] پڑی تھی۔ سینکڑوں لگائی مرد اور بچن کے گل پکار سے سب راگاؤں گونج اٹھو تھا۔ ہم پانچوں بھیتوں نے صلا کی کہ پچھواڑے سے کود کے بھگ چلیں، جب ہم چلنے لگے تو میری چھوٹی بھوجائی نے اپنے کھسم کا کرتا پکڑ لیا کہ ہمیں بھی سنگ لے کے چل اِدھر بچن نے کِلّ

---

[51] کتوں۔ [52] پتھر۔ [53] سر۔ [54] شام ہو گئی تھی۔ [55] عورتیں۔ [56] بیس۔
[57] تعداد۔ [58] حملہ آور۔

بلاں مچائی ۔ مینے اپنے بھائی کو پھٹکارا کہ سالے یہ وخت چونچلن کا نہیں ہے۔ جان بچانی ہے تو جلدی چل۔ وہ کسمسانے لگا۔ مینے کہی اب دیکھ ہماری بھی تو لگائی ہے پانچ چھورا چھوری ہیں۔ یا ایک تیری جورو لیفٹننٹ[51] کی جنی ہے۔ جانتا ہے یہ عورت بالک[52] تو بچ بھی جائیں۔ گے پر مرد بچے کو تو ذبحی ذبحی کر دیا جائے گا۔

جب ہم چلنے لگے تو میری بڑی چھوری نے جس کا گونا[53] ہونے والا تھا رو رو کر کہی چاچا رے تیرے ہاہا[54] کھاؤں مجھے بھی لے چل۔ اُس وخت میرا دل کٹ کٹ کے رہ گیا، مینے کہی لالی سدوسی[55] لے جاؤں گا سب کو اب تو ہم چاروں پانچوں کہیں لُکپ[56] جائیں گے کہ جان، تو بچ جائے میری لُگائی بچن کو لپٹائے مجھے ڈری ڈری دیکھ رہی تھی ہم سگرے[57] بھیا پچھواڑے سے کود گئے اور پیڑوں پیڑوں چھپتے چھپتے ایک ٹوٹی مسجد[58] میں جا کر تخنتن[59] کی اوٹ میں دبک گئے۔۔

رات بڑی کٹھن گجری۔ دوسرے دنا سدوسی سے ڈونڈی پٹنی شروع ہوئی کہ" جو مسلمان پاکستان جانا چاہتے ہیں وہ گیند بلا کے میدان میں جمع ہو جائیں۔ وہیں ان کو روٹی ٹکڑا بھی دیا جائے گا۔

---

۵۱ لفٹیننٹ ۔ ۵۲ بچے ۔ ۵۳ وداع ۔ ۵۴ منت سماجت ۔ ۵۵ سویرے ۔
۵۶ چھپ ۔ ۵۷ سب بھائی ۔ ۵۸ مسجد ۔ ۵۹ تخنوں ۔

ہم بھیتے جلدی جلدی اپنی بستی کی طرپھ لپکے، ساری بستی بھائیں بھائیں کر رہی تھی اب۔ جو اندر پہونچے تو ہمارا چوبارہ[51] کھالی پڑا تھا اور دروجے کے دھوڑے[52] میری بڑی چھوری کی اُڑھنیا جھیر جھیر ہوئی پڑی تھی اور کئی جگہ کھون کے تھتڑ جے ہوئے تھے۔ ہم پانچوں بادلوں کی طریوں واں سے بھاگم بھاگ اُلٹے پاؤں گیند بلا کے میدان میں پہونچ گئے۔ واں چاروں اُور مل ٹری ہی مل ٹری کھڑی تھی اور بہتیرے بھائی کئی کئی وکھت کے بھوکوں کو پوری کچوری بانٹ رئے تھے۔

ہم نے بھی تھال بھری پوریاں جھولی میں بھر لیں۔ اور کھوب پیٹ بھر کے کھایا۔ جب تنک[53] جان آئی تو ایک ایک آدمی سے اپنے بال بچن کی کھیر کھیر ملوم کی پرواں کسی کو کسی کا ہوس بھی نہ تھا۔

ابھی تھوڑی دیر گجری[54] ہو گی کہ ہجار پانسو[55] گنڈوں نے مل ٹری کو چیر پھاڑ کے نہتے لوگوں پر ہلہ بول دیا اور پھر جو ٹھائیں ٹھائیں ٹھیں ٹھیں ہوئی ہے تو سارے چنا مٹر سے بھُن گئے۔ ہم پانچوں چوکڑی مارتے اٹیشن[56] کی طرپھ دوڑ گئے۔

رستہ میں ایک لگائی چھوٹے سے بالک کو کندھا پہ ڈالے بھگ رئی تھی۔ پچھاڑی سے ایک گنڈے نے جو تلوار ماری تو بالک

۵۱ کوٹھری۔ ۵۲ نزدیک۔ ۵۳ ذرا۔ ۵۴ گذری۔ ۵۵ پانچ سو۔ ۵۶ اسٹیشن۔

کی کھوپری دُور جا کے گری ۔ اور اُس لُگائی کا ایک ہاتھ گنڈ یری ساکٹ کے گر گیا ۔

میرے چھوٹے بھائی نے ہڑبڑا[1] تے ہوئے کہی "او بڑے بھیّا وہ تو ہماری بہن پُھپّو ہے"۔ میں نے کہی "چپکا چلا آ، کیا ہم کو بھی مروائے گا"۔

اندھیاری رات میں ہماری گاڈی چلی جا رہی تھی ۔ دَنا دَن سُناسَن ۔ اور کہیں دُور گھُپا گھُپ سے مجھے بُری چھوری کی اواج آری تھی ۔ "چا چارے تیرے ہا ہا کھاؤں مجھے بھی لے چل"۔

میں نے اپنا ماتھا دونوں گھٹنوں پر ٹیک لیا تھا۔

میرا منجھلا بھائی بولا ۔

"کا کا کیا سوچ رئے ہو، اگر جندگی[2] رئی تو بال بچّے پھر بھی عجت بے عجّت ہو کے مل جائیں گے"۔ پر مُرد بچّے کی تکا بوٹی بھی دیکھ سکتی تھی واں ۔

---

[1] گھبراتے بوکھلاتے ۔ [2] زندگی ۔

آخر کون تھا وہ؟

"یہ کیا اندھیر کر رہی ہے بیٹی! بھلا کیسے بھاگ سکے گی تو چار گھنٹہ کی زچہ؟"

"تم میری فکر مت کرو اماں! جوان بھاوج، کنواری ہوشیار بہن کیا ان کی مٹّی پلید کرانی ہے موذیوں سے؟ سُن نہیں رہی ہو برابر کی بستی پر کیا قیامت ٹوٹ رہی ہے، اُٹھاؤ بچے کو گود میں۔"

میری بڑی نند نے پیلے پیلے ہلدی جیسے ہاتھوں سے نال لٹکتے بچے کو اُٹھا کر ماں کو دے دیا، نہ جانے کہاں کی طاقت آگئی تھی اِس نوزائیدہ بچے کی ماں میں، ہم تینوں لق دق جنگلوں کی گھٹا ٹوپ رات میں بھاگ رہے تھے، پُر خار جھاڑیوں اور نوکیلے پتھروں نے ہمارے

پاؤں لہولہان کر دئے تھے، ستر برس کی بوڑھی اماں نے بچے کو لے کر بھاگتے بھاگتے چُور چُور ہو گئی تھی۔

میں نے کہا ”اماں لاؤ میں لے چلوں بچے کو تم تو تھک گئی ہو گی“
اُس نے ہانپتے ہوئے کہا۔

”نہیں تجھے کیسے دے دوں بہو! تو خود دو جی ہے، اگر راستہ میں کچھ ایسی ویسی ہو گئی تو جمیل کو کیا مُنہ دکھاؤں گی۔ چل قدم بڑھا“
کُل دس دن کے لئے ہی تو گئے تھے وہ انھیں۔ کیا معلوم تھا کہ یہاں یہ بپتا پڑے گی۔ میری آنکھوں میں آنسو بھر آئے۔

”اچھا پھر زینت لے لیگی بچے کو!“

”تیری عقل ماری گئی ہے بہو۔ نال لٹکتا بچہ نہایا نہ دھویا کنواری بچی کو کیسے دے سکتی ہوں! چل آگے بڑھ، اڑیل ٹٹو نہ بن!“
پَو پھٹ رہی تھی کچھ اُجالا ہو چلا تھا دور سے ریل کی سیٹیاں سُنائی دے رہی تھیں، آپا زور سے چیخیں ”اماں اس بچے کو کیا کر دیا تم نے؟“

”کیا کر دیا بیٹی؟“

اماں نے بچہ کا چہرہ ٹٹول کر حیرت سے پوچھا۔
مرے ہوئے نیلے بچے کو کلیجہ سے چمٹائے چمٹائے ساری رات

بھاگتی رہی تھی اماں! آپا کے زرد زرد چہرہ پر سفید اُبھرے ڈھیلے پڑے خوفناک معلوم ہو رہے تھے۔

اماں نے اُس نیلے لوتھڑے کو زمین پر ڈالتے ہوئے کہا۔

"اللہ اور دے گا بیٹی! اے جلدی سے کھڑی ہو جا، شاید کوئی گاڑی مل جائے۔"

"چلتی ہوں اماں" آپا نے مُردہ بچے کو نمناک آنکھوں سے دیکھتے ہوئے کہا۔

اب تھک بھی تو گئی تھیں آپا، ایسا معلوم ہو رہا تھا کہ اُن کے دونوں گھٹنے ٹوٹ چکے ہیں، آخر کیسے نہ تھکتیں وہ! بارہ برس کے بعد تو دکھائی دیا تھا یہ بھونسڑا، ہر وقت کی دھمکیاں اُس کو سُننی پڑتی تھیں کہ "دوسرا کر لاؤں گا"

میں اماں کا، اور زینت آپا کا بازو پکڑ کر رسان رسان لے جا رہی تھیں، یکایک دو تلواریں بجلی کی طرح کوند گئیں!

"بے چاری اماں!

"ہائے آپا"

دو روحیں مائل پرواز تھیں، اور دو روحیں عالم اجسام میں تھرا رہی تھیں۔

میں نے زینت کو اور زینت نے مجھے دیکھا، پون پون گز لمبی ڈاڑھی والے پگڑ باندھے مردوں کے گھیرے میں کھڑے تھے ہم دونوں، ایک بڈھے خرانٹ نے میری طرف اشارہ کرکے کہا۔

"اِس نیلی آنکھوں والی کو ہم لے جائیں گے رام سنگھ! نہ جانے لونڈے کو کب تک دوسری عورت ملے"!

میرا معاملہ تو اس لیے جلدی طے ہو گیا کہ ہربن سنگھ گاؤں کا کھاتا پیتا آدمی تھا، لیکن زینت کے پیچھے دس بارہ میں لاٹھی چل گئی۔ آخر ہربن سنگھ نے معاملہ رفع دفع کرایا اور زینت چھ سات مُسٹنڈوں کے حصہ میں آ گئی، بے چاری زینت معصوم کونپل! حیرت و استعجاب سے مُنہ کھول کر رہ گئی۔ نہ جانے کیا کہنا چاہتی تھی وہ!!! ابھی کچھ دیر پہلے اماں نے اُس نوزائیدہ بچّہ کو بھی تو نہیں دیا تھا اُس کی گود میں انسانیت کے دو جنازے آزادی کی فضاؤں میں چلے جا رہے تھے۔ کشاں کشاں کشاں کشاں۔

ہربن سنگھ نے مجھے اپنے بیٹے چندن کے حوالے کر دیا اور زینت سامنے ہی کے ایک مکان میں پہونچا دی گئی، اور کچھ دیر کے بعد ــــــ وحشتناک مکروہ قہقہوں میں ملی جُلی ایک کمزور اور مغلوب آواز آ رہی تھی، ابھی رات بہت دُور تھی ـــــــ یہ معصوم کنواری،

میری ننھی منّی نند!

میرا دل بلّیوں اُچھل رہا تھا۔

چندن سنگھ خاموش طبیعت اور شریف نوجوان تھا۔ اس کی بیوی لاہور میں جہاں اُس کا میکہ تھا اغوا کرلی گئی تھی۔

میں یہ تو نہیں کہہ سکتی کہ جمیل کی والہانہ ووارفتہ محبت کی طرح چندن بھی میرا پرستار تھا لیکن یہ بات ضرور تھی کہ وہ میری ذراسی بیماری کو بھی لاپروائی میں نہیں ڈالتا، ڈیڑھ دو کوس چل کر روزانہ اسپتال سے دوا لانا شاید وہ اپنا فرض سمجھتا تھا، اُس نے مجھے بتایا کہ زینت بہت بُری حالت میں ہے، پوری ٹولی کا قبضہ ہے اُس پر۔ وہ لوگ کھیت پر جاتے ہیں تو باہر سے تالا ڈال جاتے ہیں اور کبھی کبھی زینت دُکھی ہوکر اندر سے کُنڈی لگا لیتی ہے کہ شاید یونہیں بچ جائے۔ اُس کی جان! پر دیکھو! وہ بہت ہی بُرے لوگ ہیں۔ اُس غریب کو کنڈی لگانے پر موٹے موٹے ڈنڈوں سے مار مار کے ادھ مُوا کر ڈالتے ہیں۔

"کیا وہ تمہاری ہی برادری کے لوگ ہیں چندن؟"

میں اُس کے متین چہرہ کو مشکوک نگاہوں سے دیکھ کر کہتی۔

"ہاں ہاں، ہماری ہی برادری ہے یہ سب! میرے ابّا نے

تمھیں پہلے ہی چھانٹ لیا تھا میرے لئے! اچھی بھی تو ہو تم! زینت سے بہت زیادہ اچھی! اور تمھاری آنکھیں کیسی، اچھی ہیں نیلی نیلی! کیا تمھارا باپ فرنگی تھا مریم؟"

"نہیں تو!"

"پھر؟"

"مسلمان!"

میرے روئیں کلبلا کلبلا کر اٹھنے لگے۔

"یہ مسلمان بھی بڑے خونخوار ہوتے ہیں، میری دھرم پتنی!"

وہ ٹھنڈا سا سانس بھر کر رہ جاتا، میری آنکھوں میں جمیل کی مایوس اور مجبور تصویر گھومنے لگتی، میرا جمیل میرا اپنا جمیل —— کتنا افسردہ رہتا ہوگا میری خاطر!

اور پھر پورے پانچ ماہ کے بعد میرے یہاں بچہ تولد ہوا، بالکل اپنے باپ کی صورت، ننھا منا جمیل ——

ہربن سنگھ بچہ کی خبر سنکر گھر میں آگیا اس نے لال لال دیدے نکال کر کہا۔

"اس سنپولئے کا گلا گھونٹ دے چندن۔ سنتا کیا ہے، آگے بڑھ یا پھر میں آؤں!"

"نہیں نہیں اِس کو مت مارو میں بھی مر جاؤں گی اس کے ساتھ!"

"مرتی ہے تو مر جا! اِس چندن نے بہت سر چڑھ لیا ہے بچھ کو!"

اُس کے مُنہ سے شراب کے بھبکے نکل رہے تھے۔

"میں اِس کا انتظام کر دوں گا باپ جی! مارنے سے کیا فائدہ ہوگا ہم کو۔" چندن نے مجھے دیکھتے ہوئے کہا۔

"کیا انتظام کرے گا تو! مجھے بھی تو بتا؟"

"کسی کو دے دیں گے ہم!"

"کِس کو؟"

"کسی سکھ کو ہی دے دیں گے باپ جی۔"

"آخر کون سا سکھ پالے گا اِس سانپ کی اولاد کو۔"

"موہن سنگھ کی عورت پال لے گی اس کو۔"

"اچھا جلدی کر!"

آہ پھر وہ مجھ سے چھین لیا گیا۔ میرا ننھا معصوم بچّہ!

اور کئی دن تک میری چھاتیوں سے دودھ کی باریک تیز دھاریں بہتی رہیں۔ کتنی سسلاہٹ تھی! کتنا درد تھا! اِن بوجھل چھاتیوں کے تناؤ میں، ـــــ کاش کوئی بچّہ! کسی بلّی کا بچّہ، کسی بکری کا بچّہ،

ایسی خرگوش کا بوٹی سا بچہ!.......

مجھے چندن کے یہاں سوا سال ہو چکا تھا جمیل کی یاد اور بچے کی جدائی میرے لئے سوہانِ روح بن چکی تھی، لیکن میں اب پھر ایک بچے کی ماں بننے والی تھی، اور چندن نے مجھے یقین دلایا تھا کہ "اب تمھارا بچہ نہیں چھینا جائے گا مریم! باپ جی ابھی سے اُس کے لئے جھولا اور گنڈ دلنا بنوا رہے ہیں۔ بھلا بتاؤ تو سہی کیا وہ پیدا ہوتے ہی گنڈ ولنا سنبھال لے گا؟"

چندن باپ کی محبت آمیز حماقت پر مسکرا دیتا۔

اور کچھ عرصہ کے بعد گاؤں میں یہ افواہیں گشت کر رہی تھیں کہ اغوا شدہ عورتوں کو اُن کے وارثوں کے سپرد کیا جا رہا ہے، میرا دل اُچھل کر کسی سخت مٹھی میں گھٹنے لگتا، اور چندن پہروں اسی گہرے سوچ میں مُنہ اوندھا کر پڑ جاتا۔

اور پھر۔۔۔ ایک دن ٹرک بھرے فوجیوں نے بندوقیں تان کر ہمارے مکان کو گھیرے میں لے لیا۔

ہربن سنگھ نے بوکھلاتے ہوئے چندن سے کہا۔

"بیٹا فوجی کھڑے ہیں، مریم کو جلدی سے اُن کے حوالے کر دے"۔

"کیوں ابّا!" چندن نے درد بھرے لہجہ میں پوچھا۔

"سوال جواب کا وقت نہیں ہے جلدی کر جلدی!"

"ایسا نہ کہو ابا!" اُس کی آنکھوں میں آنسو ڈبڈبا رہے تھے۔

"پاگل ہو گیا ہے تو! گدھا بے وقوف کیا اس کے پیچھے سب کو مروائے گا؟"

"پھر تم اس کو یہاں لائے کیوں تھے! میں نے تھوڑی کہا تھا تم سے!"

اس نے اپنا ماتھا زور سے پکڑ لیا۔ ہربن سنگھ نے میرا ہاتھ پکڑ کر جلدی سے دروازے کے باہر دھکیل دیا۔

یہاں تمہارا اور بھی کوئی ہے لڑکی؟ ایک فوجی نے مجھ سے پوچھا۔

"ہاں ہاں، میرا بچہ اور میری نند!"

لڑکھڑاتی ہوئی زینت دو آدمیوں کے سہارے لائی جا رہی تھی، اُس کی چوہا سی شلوار پر گندی مکھیاں بھنک بھنک دوڑ رہی تھیں اور میرا بچہ بدہیئت ہڈیوں کا پنجر اکڑ دن اکڑا اکڑا کر اُس بھینس سی سکھنی پر گر رہا تھا جس نے اُس کو پالنے کے لئے لے لیا تھا۔

ٹرک روانہ ہو رہا تھا۔ پندرن میرے کپڑوں کی پٹلیاں اور گنڈ ولنائے کر بھاگ رہا تھا، وہ کہہ رہا تھا۔

"یہ لیتی جاؤ مریم! تمہارے کپڑے اور بچّے کا گنڈ ولنا!"

وہ زور سے چیخا۔

"تم تو لے جا رہی ہو نا اپنے بچّے کو۔"

آخر وہ بھی تو باپ تھا! ایک بچّے کا ــــ ایک آنے والی روح کا۔

سرحد کے اُس پار ایک فوجی نے مجھ سے کہا۔

"تمہارے میاں نے تو دوسری شادی کر لی ہے، تمہارا نام مریم ہے نا؟ وہ تم کو واپس لینے سے انکار کرتا ہے، بتاؤ اب کہاں پہونچاؤں میں تم تینوں کو؟"

چندن نے مجھ سے ایک بار کہا تو تھا کہ بہت ہی خونخوار ہوتے ہیں یہ مسلمان! لیکن زینت کی زرد زرد سُتی ہوئی پنڈلیوں کو دیکھ کر میں اسی شش و پنج میں رہ جاتی ہوں کہ کیا فیصلہ کروں۔

لیکن وہ تو سکھ تھا نہ مسلمان!

آخر پھر کون تھا وہ؟

محترمہ آمنہ نازلی

کے افسانوں اور ڈراموں کے متعلق اُردو کے ممتاز ادیبوں نے لکھا تھا۔

"بہن آمنہ نازلی کے مختصر ڈراموں اور افسانوں میں سب سے زیادہ قابل ذکر بات ان کی انفرادیت ہے۔ ایک جداگانہ حیثیت ان کا طرز بیان دوسرے ادیبوں سے مختلف ہے۔ وہ اپنے کردار کو چپڑ چیلاں کی گلیوں سے لیتی ہیں۔"

ڈاکٹر شائستہ سہروردی اکرام اللہ

محترمہ آمنہ نازلی نے اپنے ڈراموں اور افسانوں میں ذہنی کشمکش اور قلبی واردات کے ساتھ کرداری نگاری۔ مکالمہ نویسی۔ قوتِ بیان اور مشاہدہ کی بہترین مثالیں پیش کی ہیں۔ زبان خاص دہلی کی ہے۔ انھوں نے عورتوں کے جذبات کی اتنی اچھی مصوری کی ہے کہ تعریف نہیں کی جاسکتی۔ وہ زندگی اور زندگی کی گہرائیوں سے خوب واقف ہیں۔ ان کا مشاہدہ بہت بلند ہے۔ طنز نگاری میں انھیں خاص ملکہ ہے۔ وہ اپنے زورِ قلم سے اپنے خاص انفرادی رنگ میں بڑی خوب صورتی سے کرداروں کو پیش کرتی ہیں۔ ان کے کردار اصلی سچے اور حقیقت سے قریب ہیں۔"

ڈاکٹر اعظم کریوی

اخبارات و رسائل کی رائے

محترمہ آمنہ نازلی کے افسانوں کی سب سے بڑی خصوصیت یہ ہے کہ وہ ہماری روزمرہ کی زندگی پر روشنی ڈالتی ہیں۔ آئے دن ہم جن حادثات سے دوچار ہوتے رہتے ہیں: انھیں واقعات اور حادثات کو بہن آمنہ نازلی افسانہ بنا کر دلکش مؤثر اور نصیحت خیز پیرایہ میں لکھ دیتی ہیں کہ پڑھنے والے عش عش کر اٹھتے ہیں۔

(حریم لکھنؤ)

جذبات کرداری کی تصویر کھینچنے میں محترمہ آمنہ نازلی کو ملکۂ خصوصی حاصل ہے زبان نہایت پاکیزہ ظرافت بے پناہ لیکن سنجیدہ۔ ڈرامہ کی ترکیب اور ساخت بالکل

فطری اور بے ساختہ۔ پھر دیہاتیوں اور عورتوں کی زبان بے حد دل فریب گرداروں میں غریب بھی ہیں امیر بھی۔ مہذب بھی۔ روشن خیال اور قدامت پسند بھی سب کا نقشہ اتنا صحیح کہ بے اختیار داد دینے کو جی چاہتا ہے۔

(انقلاب لاہور)

روزانہ گھریلو واقعات کو فاضل مصنفہ نے اپنے طرز نگارش سے اس قدر دلچسپ انداز میں لکھا ہے کہ آنکھوں کے سامنے حقیقت کا حال کھینچ جاتا ہے۔ آمنہ نازلی کی طبیعت میں اس قدر ظرافت اور رنگینی ہے کہ برصغیر کی خواتین میں بہت کم یہ بات ہے۔ لطف یہ کہ تمام ڈراموں کے پلاٹ اور مکالمہ میں خالص ہندوستانی نسوانیت کوٹ کوٹ کر بھری ہے۔ زبان نہایت سادہ اور ستھری۔ محترمہ آمنہ نازلی کے اس مجموعہ کو ہم ہندوستانی ادب میں ایک اچھا اضافہ سمجھتے ہیں۔

ہندوستانی ادب حیدرآباد دکن)

محترمہ آمنہ نازلی مشہور اور کہنہ مشق لکھنے والی ہیں۔ آپ کے افسانے ہمیشہ اصلاحی پہلو لیئے ہوئے ہوتے ہیں اور یہی وہ چیز ہے جو بڑی حد تک آپ کا درجہ ہندوستان کی دیگر افسانہ نگار خواتین سے بلند کرتی ہے۔

(ذوالقرنین بدایوں)

محترمہ آمنہ نازلی عورتوں میں بہت مشہور لکھنے والی ہیں اور اپنے مخصوص انداز بیان سے کے باعث منفرد ہیں۔

"چمنستان دلی"

محترمہ آمنہ نازلی خوب لکھتی ہیں۔ ہندوستان بھر میں جو چند انشاپرداز خواتین ہیں ان میں آمنہ نازلی صاحبہ بہت نمایاں درجہ رکھتی ہیں۔

شان ہند ملتان

منتخب یادگار افسانوں کا ایک اور مجموعہ

لاوا

مصنفہ : آمنہ نازلی

بین الاقوامی ایڈیشن جلد منظر عام پر آرہا ہے